THEODO

ST~~INE~~

ROMAN

MIT EINEM NACHWORT
VON DIETRICH BODE

PHILIPP RECLAM JUN. STUTTGART

Der Text folgt der Gesamtausgabe der erzählenden Schriften,
Leipzig und Berlin 1925

Universal-Bibliothek Nr. 7693
Alle Rechte vorbehalten
© 1963 Philipp Reclam jun. GmbH & Co., Stuttgart
Gesamtherstellung: Reclam, Ditzingen. Printed in Germany 1993
RECLAM und UNIVERSAL-BIBLIOTHEK sind eingetragene
Warenzeichen der Philipp Reclam jun. GmbH & Co., Stuttgart
ISBN 3-15-007693-5

ERSTES KAPITEL

In der Invalidenstraße sah es aus wie gewöhnlich: die Pferdebahnwagen klingelten, und die Maschinenarbeiter gingen zu Mittag, und wer durchaus was Merkwürdiges hätte finden wollen, hätte nichts anderes auskundschaften können, als daß in Nummer 98e die Fenster der ersten Etage — trotzdem nicht Ostern und nicht Pfingsten und nicht einmal Sonnabend war — mit einer Art Bravour geputzt wurden.

Und nicht zu glauben: diese Merkwürdigkeit ward auch wirklich bemerkt, und die schräg gegenüber an der Scharnhorststraßen-Ecke wohnende alte Lierschen brummte vor sich hin: „Ich weiß nicht, was der Pittelkow'n wieder einfällt. Aber sie kehrt sich an nichts. Un was ihre Schwester is, die *Stine*, mit ihrem Stübeken oben bei Polzins un ihren Sep'ratschlüssel, daß keiner was merkt, na, *die* wird grad ebenso. Schlimm genug. Aber die Pittelkow'n is schuld dran. Wie sie man bloß wieder dasteht und rackscht und rabatscht! Und wenn es noch Abend wär, aber am hellen, lichten Mittag, wo Borsig und Schwartzkoppen seine grade die Straße runterkommen. Is doch wahrhaftig, als ob alles Mannsvolk nach ihr raufkucken soll; ne Sünd und ne Schand."

So brummelte die Lierschen vor sich hin, und so wenig freundlich ihre Betrachtungen waren, so waren sie doch nicht ganz ohne Grund; denn oben auf dem Fensterbrett und kniehoch aufgeschürzt stand eine schöne, schwarze Frauensperson mit einem koketten und wohlgepflegten Wellenscheitel und wusch und rieb, einen Lederlappen in der Hand, die Scheiben der einen Fensterseite, während sie den linken Arm, um sich besser zu stützen, über das andere Querholz gelegt hatte. Mitunter gönnte sie sich einen Stillstand in der Arbeit und sah dann auf die Straße hinunter, wo jenseits des Pferdebahngeleises ein dreirädriger, beinahe eleganter Kinderwagen in greller Mittagssonne hielt. Dem im Wagen sitzenden, allem Anscheine nach überaus ungebärdigen Kinde, das ganz aristokratisch in weiße Spitzen gekleidet war, war ein zehnjähriges Mädchen zur Aufsicht beigegeben, das, als alles Bitten und Zureden nichts helfen wollte, dem Schreihals einen tüchtigen Klaps gab. Im selben Augenblick aber schielte die Zehnjährige, die diesen Erziehungsakt gewagt hatte, scheu nach dem Fenster hinauf, und richtig, es war alles von drüben her gesehen worden, und die schöne, schwarze Person, die „klapsen und erziehen" durchaus als ihre Sache betrachtete, drohte sofort mit dem Lederlappen nach der auf ihrem Übergriff Ertappten hinüber. Auch schien ein Zornausbruch in Worten trotz der weiten Entfernung folgen zu sollen; aber ein befreundeter Briefbote, der gerade die Straße heraufkam, hielt einen Brief in die Höh', zum Zeichen, daß er ihr etwas bringe. Sie verstand es auch so, stieg sofort vom Fensterbrett auf einen nebenstehenden Stuhl und verschwand im Hintergrunde des Zimmers, um den Brief draußen auf dem Korridor in Empfang zu nehmen. Eine Minute später kam sie zurück und setzte sich ins Licht, um bequemer lesen zu können. Aber was sie da las, schien ihr mehr Ärger als Freude zu machen, denn ihre Stirn legte sich sofort in ein paar Verdrießlichkeitsfalten, und den Mund aufwerfend, sagte sie spöttisch: „Alter Ekel. Immer verquer." Aber sie war keine Person, sich irgendwas auf lange zu Herzen zu nehmen, und so lehnte sie sich, den Brief immer noch in der Hand haltend, weit über die Fensterbrüstung hinaus und rief mit jener enrhümierten Altstimme, wie sie den unteren Volksklassen unserer Hauptstadt nicht gerade zum Vorteil eigen ist, über die Straße hin: „Olga!"

„Was denn, Mutter?"

„,Was denn, Mutter!' Dumme Jöhre! Wenn ich dir rufe, kommste. Verstehste?"

Ein mit einem alten Dampfkessel bepackter Lastwagen, der dröhnend und schütternd gerade des Weges kam, hinderte die unverzügliche Ausführung des Befehls; kaum aber, daß der Rollwagen vorüber war, so nahm Olga den Stoßgriff des Kinderwagens in die Hand und fuhr, quer über den Damm hin, auf das Haus zu und mit einem Ruck in den Hausflur hinein. Hier nahm sie das Kind heraus und ging, während sie den Wagen zunächst unten stehen ließ, treppauf in die Wohnung der Mutter.

Diese hatte sich mittlerweile beruhigt, die Stirnfalte war fort, und Olga bei der Hand nehmend, sagte sie mit jenem Übermaß von Vertraulichkeit, das gewöhnliche Leute gerade bei Behandlung intimster Dinge zu zeigen pflegen: „Olga, der Olle kommt heute wieder. Immer, wenn's nich paßt, is er da. Grad als wollt er mir ein'n Tort antun. Ja, so is er. Na, es hilft nu nich, und, Gott sei Dank, vor achten kommt er nich. Und nun gehst du zu Wanda und sagst ihr . . . Ne, laß man . . . Bestellen kannst du's doch nich, es is zu lang zum Bestellen. Ich werd dir lieber einen Zettel schreiben."

Und mit diesen Worten trat sie, von der Tür her, wo dies Gespräch stattgefunden, an einen überaus eleganten und um eben deshalb zu Haus und Wohnung wenig passenden Rokoko-Schreibtisch heran,

auf dem eine fast noch mehr überraschende leder-
gepreßte Schreibmappe lag. In dieser Mappe begann jetzt die noch immer hochaufgeschürzte Frau
nach einem Stück Briefpapier zu suchen, anfangs
ziemlich ruhig, als sich aber, nach dreimaligem
Durchblättern der roten Löschpapierbogen, immer
noch nichts gefunden hatte, brach ihre schlechte
Laune wieder los und richtete sich, wie gewöhnlich,
gegen Olga: „Hast es wieder weggenommen und
Puppen ausgeschnitten?"

„Nein, Mutter, wahr und wahrhaftig nich; ich
kann es dir zuschwören."

„Ach, geh mir mit dein ewiges Geschwöre. Haste
denn gar nichts?"

„Ja, mein Schreibebuch."

Und Olga lief, so rasch es ging, in das Neben-
und Hinterzimmer und kam dann mit einem blauen
Schreibehefte zurück. Die Mutter riß ohne weiteres
die letzte Seite heraus, auf deren oberster Zeile lauter ch's standen, und kritzelte nun mit verhältnis-
mäßiger Schnelligkeit einen Brief fertig, faltete das
Blatt zweimal und verklebte die noch offene Stelle
mit Briefmarkenstreifen, von denen sie die gummi-
reichsten immer mit dem Bemerken: „Is besser als
Englischpflaster" aufzuheben pflegte. „So, Olgachen. Nun gehst du zu Wanda un gibst ihr das. Und
wenn sie nich da is, gibst du's an den alten Schlichting. Aber nich an seine Frau un auch nich an die
Flora, die kuckt immer rein und braucht nicht alles
zu wissen. Und wenn du zurückkommst, dann
gehste mit zu Bolzanin ran un bestellst ne Torte."

„Was für eine?" fragte Olga, deren Gesicht sich
plötzlich verklärte.

„Appelsine ... Un bezahlst sie gleich. Und wenn
du sie bezahlt hast, sagste, daß er nichts drauflegen
soll, auch keine Appelsinenstücke, die doch bloß

Pelle un Steine sind . . . Und nun geh, Olgachen, un mach flink, un wenn du wieder da bist, kannst du dir drüben bei Marzahn auch fürn Sechser Gerstenbonbons kaufen."

ZWEITES KAPITEL

Olga säumte nicht und ging in die Hinterstube, um hier ihr rot- und schwarzkariertes Umschlagetuch zu holen, das, neben einem etwas verschlissenen Schnurrenhut, ihr gewöhnliches Straßenkostüm bildete. Witwe Pittelkow in Person aber stieg, nachdem sie das immer noch schreiende Kind in eine ganz vornehm ausgestattete Himmelwiege gelegt und ihm eine Flasche mit Saugpfropfen in den Mund gesteckt hatte, zwei Treppen höher zu Polzins hinauf, wo ihre Schwester Stine Chambre garnie wohnte.

Polzins waren gutsituierte Leute, die das mit dem Chambre garnie gar nicht nötig gehabt hätten, aber trotzdem, aus purem Geiz, alles vermieteten oder doch so viel wie irgend möglich, um ihrerseits frei wohnen zu können oder, wie Frau Polzin sich ausdrückte: „für umsonst einzusitzen". Er, Polzin, war seiner eigenen Angabe nach „Teppichfabrikant" (allerdings niedrigster Observanz) und beschränkte sich darauf, unter geflissentlicher Verachtung aller Komplementärfarbengesetze, schmale, kaum fingerbreite Tuchstreifen wie Stroh oder Binsen nebeneinanderzuflechten und dies Geflecht als „Polzinsche Teppiche" zu verkaufen. „Sehen Sie", so schloß jedes seiner Geschäftsgespräche, „solch ‚Polzinscher'" (er behandelte sich dabei ganz als historische Person) „wird nie alle; wenn eine Stelle weggetreten

is oder der Eßtisch mit seinem Rollfuß ein Loch ein-
gerissen hat, nehm ich ein paar alte Streifen raus
und setz ein paar neue rein, un alles is wieder propper und fix und fertig. Sehen Sie, so sind die ‚Polzinschen‘. Aber wenn der Smyrnaer ein Loch hat,
dann hat er's, und da hilft kein Gott nich."

Polzin, wie sich aus diesem Redestück ergibt,
neigte zu philosophischer Betrachtung: ein Zug, der
durch das zweite Metier, das er betrieb, noch eine
ganz erhebliche Stärkung erfuhr. Während der
Abendstunden nämlich war er bei sich bietenden
Gelegenheiten auch noch Lohndiener und wegen
seiner Vorsicht und Geschicklichkeit beim Präsentie-
ren in dem zwischen Invaliden- und Chausseestraße
gelegenen Stadtteil allgemein beliebt, was Frau Polzin in ihren Gesprächen mit der Pittelkow immer
wieder betonte: „Sehn Sie, liebe Pittelkow, mein
Mann is ein ordentlicher und manierlicher Mensch,
der, weil wir selber ganz klein angefangen haben,
am besten weiß, daß es nich jeder zum Wegschmei-
ßen hat. Un sehn Sie, danach präsentiert er auch,
und Saucieren, die nich feststehn und immer hin
und her rutschen, die nimmt er gar nich. Und wenn
Polzin schon eine einzige Plüschtaille verdorben
hat, so will ich sterben. Und ebenso galant und manierlich is er auch bei's Mitnehmen. Er is mein
Mann, aber das muß ich sagen; er hat was Feines un
Bescheidenes un überhaupt so was, was die andern
nich haben. Ja, das muß ich ihm lassen. Und da reichen nich hundertmal, daß er mir gesagt hat: ‚Emilie, heut hab ich mir mal wieder über meine Kolle-
gen geschämt. Natürlich war es wieder der mit'n
Plattfuß aus der Charitéstraße. Glaubst du, daß er
sich auch bloß geniert und ein ganz klein bißchen
für Schein und Anstand gesorgt hätte? I, Gott be-
wahre. Ganz dreiste weg, als ob er sagen wollte: Ja,

meine Herrschaften, da steht der Rotwein, un nu nehm ich ihn mit nach Hause.'"

So waren die Polzins, an deren Flurtür, trotz einer daneben befindlichen Klingel, die Pittelkow jetzt klopfte, zum Zeichen (so hatte man abgemacht), daß es bloß „Freundschaft" sei, was zu Besuch käme. Und gleich danach erschien denn auch Frau Polzin und öffnete.

Die nur drei Stuben zählende Polzinsche Wohnung erfreute sich des Vorzugs eines Korridors, der aber freilich nicht größer war als ein aufgeklappter Spieltisch und augenscheinlich nur den Zweck hatte, drei auf ihn ausmündende Türen zu zeigen, von denen die links gelegene zu der verwitweten Privatsekretär Kahlbaum, die mittlere zu Polzins selbst, die rechts gelegene zu Stine führte. Diese hatte das beste Zimmer der Wohnung, hell und freundlich, mit dem Blick auf die Straße, während sich die Kahlbaum mit etwas Beleuchtung vom Hof her und die Polzinschen Eheleute mit einem schrägen Dachlicht begnügen mußten, das, wie bei photographischen Ateliers, von oben her einfiel.

„Liebe Polzin", sagte die Pittelkow, als beide Frauen sich oberflächlich begrüßt hatten, „es riecht wieder so sehr nach Petroleum bei Ihnen. Warum nehmen Sie nich Koks? Sie werden sich mit Ihrem ewigen Petroleumkocher noch alle Mieter aus der Wohnung kochen. Und Ihr lieber Mann! Was sagt denn *der* eigentlich dazu? Der muß doch nachgerade bei Puten und Fasanen eine feine Nase gekriegt haben. Und ich weiß nicht, wenn ich ein herrschaftlicher Lohndiener wäre, *so* was litt ich nich. In Gesellschaften immer was Delikats un zu Hause *so*. Na, meinetwegen. Is denn Stine drin?"

„Ich denke doch, ich habe sie nicht weggehen hören. Und denn wissen Sie ja, liebe Pittelkow, wir sehen nichts un hören nichts."

„Versteht sich, versteht sich", lachte die Pittelkow, „sehen nichts un hören nichts. Und das ist auch immer das beste."

Sehr wahrscheinlich, daß sich dies Gespräch noch fortgesetzt hätte, wenn nicht in ebendiesem Augenblick die Tür von rechts her aufgemacht und Stine herausgetreten wäre.

„Jott, Stine", sagte die Pittelkow mit einem Ausdruck von Freude. „Na, das ist recht, Kind. Ein Glück, daß du da bist. Du mußt heute noch runterkommen un helfen."

Unter diesen Worten waren die Schwestern, während sich Frau Polzin artig, aber grienend zurückzog, in Stines Zimmer eingetreten und auf ein paar kleine Stühle zugegangen, die zu beiden Seiten des Fensters auf einem Trittbrett standen. Draußen am Fenster aber war ein Dreh- und Straßenspiegel angebracht, bei dessen Anbringung der ebenso praktische wie pfiffige Polzin vor Jahr und Tag schon zu seiner Frau gesagt hatte: „Emilie, solange *der* da ist, so lange vermieten wir."

Die Pittelkow setzte sich gegenüber dem Drehspiegel, der denn auch heute wieder, wie zur Bestätigung der Worte Polzins, eine Quelle herzlichen Vergnügens für die hübsche Witwe wurde, nicht aus Eitelkeit (denn sie sah sich gar nicht), sondern aus bloßer Neugier und Spielerei. Stine, die das alles schon kannte, lächelte vor sich hin; auch sie trug einen gewellten Scheitel, aber ihr Haar war flachsgelb, und die Ränder der überaus freundlichen Augen zeigten sich leicht gerötet, was, aller sonst blühenden Erscheinung und einer gewissen Ähnlichkeit mit der Pittelkow unerachtet, doch auf eine zartere Gesundheit hinzudeuten schien. Und so war es auch. Die brünette Witwe war das Bild einer südlichen Schönheit, während die jüngere Schwester als Typus einer germanischen, wenn auch freilich etwas angekränkelten Blondine gelten konnte.

Stine sah der immer noch mit dem Spiegel beschäftigten Schwester eine Weile zu, dann erhob sie sich, hielt ihr die Hand vor die Augen und sagte: „Nun hast du aber genug, Pauline. Du mußt doch nachgerade wissen, wie die Invalidenstraße aussieht."

„Hast recht, Kind. Aber so is der Mensch; immer das Dummste gefällt ihm un beschäftigt ihn, un wenn ich in den Spiegel kucke und all die Menschen und Pferde drin sehe, dann denk ich, es is doch woll anders als so mit bloßen Augen. Un ein bißchen anders is es auch. Ich glaube, der Spiegel verkleinert, un verkleinern is fast ebensogut wie verhübschen. Aber du brauchst nicht kleiner zu werden, Stine, du kannst so bleiben, wie du bist. Ja, wahrhaftig. Aber, warum ich komme. Jott, man hat doch keine ruhige Stunde."

„Was is denn?"

„Er kommt heute wieder."

„Nu, Pauline, das is doch kein Unglück. Bedenke doch, daß er für alles sorgt. Und so gut, wie er ist, und gar nich so."

„Na, ich wollt ihm auch. Und den alten Baron bringt er auch mit und noch einen."

„Und noch einen? *Wen* denn?"

„Lies."

Und sie reichte Stine den eben erhaltenen Brief, und diese las nun mit halblauter Stimme: „Mein lieber schwarzer Deibel. Ich komme heute, aber nicht allein; Papageno kommt mit und ein Neffe von mir auch; natürlich noch jung und etwas blaß. ‚Aber

11

bleich und blaß, ei, die Weiber lieben das.' Sorge nur, daß Wanda kommt und Stine. Wein schick ich und eine Salatschüssel. Aber für alles andre mußt Du sorgen. Nichts Apartes, nichts Großes, bloß so wie immer. Dein Sarastro."

„Wer ist denn der Neffe?" fragte Stine.

„Weiß ich nich. Wer kann alle Neffens kennen. Denkst du, daß ich mich um seinen Stammbaum kümmere? Jott, wie mag es damit aussehen. Na, überhaupt Stammbäume!"

„Laß ihn das nich hören."

„Oh, der hört noch ganz andres. Oder denkst du, daß ich mir wegen eine Treppe hoch mit Klavier un Diwan un wegen nen Schreibtisch, der immer wak-kelt, weil er dünne Beine hat, ein Pechpflaster auf-kleben soll? Nein, Stinechen, da kennst du deine Schwester schlecht. Oder wegen den blassen Neffen? Ich denk ihn mir so." Und dabei zog sie das Gesicht in die Länge und drückte mit Daumen und Zeige-finger die beiden Backen ein.

Stine lachte. „Ja, damit wirst du's wohl getroffen haben. Und überhaupt, ich find es unpassend und ungebildet, daß er den jungen Menschen mitbringt. Ein Onkel ist doch immer so was wie ne Respekts-person. Für sich mag er ja tun, was er will; aber sol-chen jungen Menschen ... ich weiß nicht, Pauline. Findst du nich auch?"

„Na, ob ich finde. Natürlich; erst recht. Aber, Kind, wenn wir davon erst reden wollen, denn is kein Ende. Das is nu mal so, sie taugen alle nichts un is auch recht gut so; wenigstens für unsereins (mit *dir* is es was anders) und für alle, die so tief drin sitzen un nich aus noch ein wissen. Denn wo-von soll man denn am Ende leben?"

„Von Arbeit."

„Ach Jott, Arbeit. Bist du jung, Stine. Gewiß,

Arbeiten is gut, un wenn ich mir so die Ärmel auf-
kremple, is mir eigentlich immer am wohlsten. Aber,
du weißt ja, denn is man mal krank un elend, un
Olga muß in die Schule. Wo soll man's denn her-
nehmen? Ach, das is ein langes Kapitel, Stine. Na,
du kommst doch? So Klocker acht oder lieber noch
ein bißchen eh'r."

DRITTES KAPITEL

Während die Pittelkow oben bei Stine war, um sich
dieser für den Abend zu versichern, ging Olga die
Invalidenstraße hinauf, um erst den Brief abzugeben und dann auf dem Rückwege bei Konditor
Bolzani die Torte zu bestellen. Es war ihr Eile befohlen, aber sie kehrte sich nicht dran, freute sich
vielmehr, eine Stunde lang ohne mütterliche Kon-
trolle zu sein, und getröstete sich, „daß es noch
lange hin sei bis Abend". An allen Läden blieb sie
stehen, am längsten vor dem Schaufenster eines
Putzgeschäfts, aus dessen buntem Inhalt sie abwechselnd eine rote Schärpe mit Goldfransen und
dann wieder einen braunen Kastorhut mit Reiher-
feder als Schönstes wünschte. Diesen Wunsch in Er-
füllung gehen zu sehen, war freilich wenig Aussicht
vorhanden, aber es schadete nicht viel, weil sich ihre
nächste Zukunft unter allen Umständen angenehm
genug gestalten mußte. Wanda, wie sie von Tante
Stine her wußte, hatte meistens Sandtorte, ja mitunter sogar Schokoladenplätzchen in ihrem Schrank,
und wenn sich beides auch nicht erfüllte, so blieben
doch immer noch die Gerstenbonbons.
    Solchen Betrachtungen hingegeben, kam Olga bis
an die Chausseestraße, wo, wie gewöhnlich in die-

13

ser kirchhofreichen Gegend, ein großes Begräbnis die Straßenpassage hemmte. Olga, weitab davon, irgendwelchen Anstoß an dieser Wegestörung zu nehmen, wünschte ganz im Gegenteil, dieselbe so lange wie möglich andauern zu sehen, und stellte sich, besseren Überblicks halber, auf eine vor einem Öl- und Spiritusgeschäft angebrachte Steintreppe. Der Wagen mit dem Sarge war schon eine Weile vorüber, so daß sie nur noch das versilberte Kreuz über einem Meer von schwarzen Hüten hin und her schwanken sah. Kutschen fehlten im Zuge (so wenigstens schien es), dafür aber folgten allerlei Baugewerke mit Bannern und Musik, und während noch aus der Front her der Trauermarsch der Zimmerleute bis weit nach rückwärts tönte, klang schon aus der Mitte des Zuges und vom Oranienburger Tor her ein zweiter und dritter Trauermarsch herauf, so daß Olga nicht wußte, worauf sie hören und welchem Geblase sie den Vorzug geben sollte. Neben dem eigentlichen Gefolge drängten breite Volksmassen mit vorwärts und ließen nur allemal eine schmale Gasse frei, wenn reitende Schutzleute von der Queue her bis an die Spitze des Zuges und dann wieder zurücksprengten. „Wer es nur is?" dachte Olga, in deren Herzen etwas wie Neid aufkeimte, so schön begraben zu werden; aber soviel sie horchte, sie konnte es bei den mit ihr auf der Steintreppe Stehenden nicht mit Bestimmtheit in Erfahrung bringen. Einer versicherte, daß es ein alter Mauerpolier, ein anderer, daß es ein reicher Ratszimmermeister sei, während eine mit braunem Torfstaub ganz überdeckte Frau, die der herannahende Zug sichtlich beim Abladen unterbrochen hatte, von nichts Geringerem als von einem Minister für Maurer und Zimmerleute wissen wollte. „Dummes Zeug", unterbrach sie der nebenan wohnende Budi-

14

ker, „so was gibt es ja gar nich." Aber das Torfweib ließ sich nicht stören und sagte nur: „Warum nich, warum soll es so was nich geben?" Und so stritt man sich hin und her. Endlich aber war der Zug vorüber, und Olga passierte nun den Damm und bog hundert Schritte weiter abwärts in die Tieck-straße ein.

Nummer 27a war das dritte Haus von der Ecke: fünf Fenster Front, drei Stock und eine kleine Man-sarde. Der Wirt, ein Kupferschmied, hatte den Hof in eine halb offene Werkstatt verwandelt, in der nun den ganzen Tag über auf oft zweimannshohen Braukesseln herumgehämmert wurde, bei welchem Gedröhn und Gehämmre Wanda ihre Rollen lernte. Es tat ihr nichts; ja, sie hätte nirgends lieber woh-nen mögen, und der Kupferschmiedegeselle, der auf der obersten Kesselrundung oft stundenlang herum-ritt und sich dabei in platonischer Liebe (der einzi-gen, die Wanda so kleinen Leuten gestattete) ver-zehrte, war jedesmal ihr guter Freund. Ihre von Glasermeister Schlichting abgemietete Wohnung lag nämlich nach dem Hofe hinaus und hatte *hier* ihren eigentlichen Auf- und Eingang. Hier befand sich denn auch ihre Klingel und ihre Karte: „Wanda Grützmacher, Schauspielerin am Nordend-Theater."

Und dieses Titels durfte sie sich rühmen wie man-che Berühmtere. War sie doch ein Liebling der Bühne, die das Glück hatte, sie zu besitzen, und nicht nur ein Liebling des Publikums, sondern auch des Direktors, der, persönlicher Beziehungen zu ge-schweigen, vor allem *das* an ihr schätzte, daß sie, mit Ausnahme der Gage, vollkommen prätensions-los war und alles spielte, was vorkam. „Immer tap-fer in die Bresche", war einer ihrer Lieblingssätze. Sie war überhaupt für Leben und Lebenlassen, be-handelte delikate Vorkommnisse von einem gewissen höheren Standpunkt aus und hatte stereotype, dem urältesten Berliner Witzfonds entnommene Wendungen, in denen sich ihre Stellung zum „Ideal" ausdrückte. Sie zog dementsprechend „ein gutes Gehalt einer schlechten Behandlung vor", und wenn ihr bei Soupers mit Bourgeoiswitwern, einer ihr besonders sympathischen Gesellschaftsklasse, die Speisekarte gereicht wurde, so zeigte sie mit einem ihr kleidenden und seine Wirkung nie verfehlenden Ernst auf das rasch als Bestes und Teuerstes Erkannte, jedesmal feierlich hinzusetzend: „Dafür laß ich mein Leben."

So Wanda Grützmacher, Tieckstraße 27 a.

Olga, die sonderbarerweise noch nie Bestellungen bei der Schauspielerin zu machen gehabt hatte, klingelte zunächst vorn bei Schlichtings, und Fräulein Flora Schlichting erschien denn auch, halb verschlafen, an der Tür und öffnete.

„Is Fräulein Wanda zu Haus?"

„Zu Haus is sie; ich glaube, sie schläft. Hast du was abzugeben?"

„Ja, aber ich soll es ihr selber geben."

„I, gib man ..." Und damit griff sie nach dem Brief.

Olga zog aber energisch zurück. „Nein, ich darf nich ..."

„Na, denn komme morgen wieder."

Wanda, trotzdem sie nicht Wand an Wand mit der Schlichtingschen Vorderstube wohnte, mußte trotzdem von dieser Unterhaltung gehört haben; denn als eben die Tür zugeworfen werden sollte, war sie, wie aus der Erde gewachsen, da und sagte: „Gott, Olgachen. Was bringst du denn, Kind? Mutter is doch nich krank?" Olga hielt ihr statt aller Antwort den Brief entgegen. „Ach, ein Brief. Na, denn komm in meine Stube, daß ich ihn lesen kann.

Hier is es ja stockduster un wahrhaftig nicht zu merken, daß man bei nem Glaser wohnt."

Dabei nahm sie das Kind bei der Hand und zog es mit sich durch die mit jedem Schritte dunkler werdende Schlichtingsche Wohnung bis in ihre Hinterstube hinein. Hier mußte sie lachen, als sie den sonderbaren Briefverschluß ihrer Freundin Pauline sah; dann aber öffnete sie die verklebte Stelle mit einer aus ihrem dicken, schwarzen Zopf genommenen Haarnadel und las nun mit sichtlicher Freude:

„Liebe Wanda. Er kommt heute wieder, was mir sehr verkwehr is, denn ich mache grade reine. Jott, ich bin so ärgerlich und bitte Dich bloß: komm. Ohne Dir is es nichts. Stine kommt auch. Komm Klocker acht, aber nich später und behalte lieb
Deine Freundin
Pauline Pittelkow
geb. Rehbein."

Wanda steckte den Brief unter die Taille, schnitt Olga ein großes Stück von einem in einer Fayenceterrine mit Deckel aufbewahrten altdeutschen Napfkuchen ab und sagte dann: „Un nu grüße Mutterchen und sag ihr, ich käme Punkt acht. Mit'm Schlag. Denn wir von's Theater sind pünktlich, sonst geht es nich. Und wenn du wiederkommst, Olgachen, so kannst du gleich die kleine Hoftreppe raufkommen, bloß drei Stufen, da brauchst du vorn nich durch un is kein Fräulein Flora nich da, die dich anschreit und wegschicken will. Hörst du?" Und in einer Art Selbstgespräch setzte sie hinzu: „Gott, diese Flora; je weniger Bildung, je mehr Einbildung. Ich begreife diese Menschen nich."

Olga versprach, alles zu bestellen, und eilte mit ihrem Beutestück ins Freie. Kaum draußen, sah sie sich noch einmal um und biß dann herzhaft ein und schmatzte vor Vergnügen. Aber schnöder Undank

17

keimte bereits in ihrer Seele, und während es ihr noch ganz vorzüglich schmeckte, sagte sie schon vor sich hin: „Eigentlich is es gar kein richtiger . . . Ohne Rosinen . . . Einen mit Rosinen eß ich lieber."

VIERTES KAPITEL

Als Olga, nach Erledigung aller ihr aufgetragenen Gänge, den zu Kaufmann Marzahn an der Ecke natürlich mit eingerechnet, wieder nach Hause kam, fand sie hier alles verändert und Tante Stine damit beschäftigt, die rote Wollschnur der Tüllgardinen in die messingblechenen Halter einzuhaken. Überall herrschte Sauberkeit und Ordnung — nur in der Nebenstube war man nicht fertig geworden —, und das einzige, was als Störung gelten konnte, war ein eben abgegebener Korb mit Weinflaschen und eine vorläufig auf einen danebenstehenden Stuhl gesetzte Hummermayonnaise.

Olga berichtete, daß Wanda kommen würde, was von seiten der Pittelkow mit sichtlicher Freude vernommen wurde. „Wenn Wanda nich da is, is es immer bloß halb. Ich möchte mir nich alle Tage hinstellen un Prinzessin spielen; aber das muß wahr sein, alle von's Theater haben so was un kriegen einen Schick un können reden. Wo's ihnen eigentlich sitzt, ich weiß es nich, und am wenigsten bei Wanda. Wanda war immer die Faulste von uns un die Klügste auch nich un ließ sich vorsagen, und ohne Lehrer Kulike . . . na, mit dem hatte sie's. Überhaupt, es war ne pfiffige Kröte, was sonst die Dicken eigentlich nich sind. Aber immer gut und kein Neidhammel und gab immer was ab."

Während dieser Rede, die sich nur halb an Stine

richtete, war die mitten auf dem Sofa stehende
Witwe mit Geraderückung dreier Bilder beschäftigt
und trat, als sie damit fertig war, vom Sofa her bis
an die Türschwelle zurück, um von hier aus noch
einmal alles überblicken und sich von dem Ge-
lungensein ihres Arrangements überzeugen zu können. Wegen solcher Dinge gelobt zu werden, war
ihr, bei ihrer im Grunde genommen ganz auf Wirt-
schaftlichkeit und Ordnung gestellten Natur, ein
wahres Herzensbedürfnis, und wenn sie je zuvor
einen Anspruch auf ein dafür einzuheimsendes Lob
gehabt hatte, so sicherlich heute. Alles, was aus dem
ihr zur Verfügung stehenden Material gemacht werden konnte, war daraus gemacht worden und ließ
wenigstens momentan übersehen, wie sehr und zum
Teil auch in wie komischer Weise sich die hier auf-
gestellten Sachen untereinander widersprachen. Ein
Büfett, ein Sofa und ein Pianino, die, hintereinan-
der weg, die von keiner Tür unterbrochene Längs-
wand des Zimmers einnahmen, hätten auch bei „Ge-
heimrats" stehen können; aber die von der Pittelkow eben geradegerückten drei Bilder stellten das
im übrigen erstrebte Ensemble wieder stark in
Frage. Zwei davon: „Entenjagd" und „Tellskapelle", waren nichts als schlecht kolorierte Litho-
graphien allerneuesten Datums, während das da-
zwischenhängende dritte Bild, ein riesiges, stark
nachgedunkeltes Ölporträt, wenigstens hundert
Jahre alt war und einen polnischen oder litauischen
Bischof verewigte, hinsichtlich dessen Sarastro
schwor, daß die schwarze Pittelkow in direkter
Linie von ihm abstamme. Gegensätze wie diese
zeigten sich in der gesamten Zimmereinrichtung, ja,
schienen mehr gesucht als vermieden zu sein, und
während sich an einem der Wandpfeiler ein prächti-
ger Trumeau mit zwei vorspringenden goldenen

Sphinxen breitmachte, standen auf dem Bücherschrank zwei jämmerliche Gipsfiguren, eine Polin
und ein Pole, beide kokett und in Nationaltracht
zum Tanze ansetzend. Am interessantesten aber
präsentierte sich der eben erwähnte Bücherschrank
selbst, dessen vier Mittelfächer leer waren, während
auf seinem obersten Brett zwölf prachtvoll in Leder
gebundene Bände von Humes History of England
und achtzehn Bände Oeuvres posthumes de Frédéric
le Grand standen und einen wundervollen Gegensatz zu dem „Berliner Pfennigmagazin" bildeten,
das, in zwei Haufen übereinandergetürmt, unten
im Schrank lag. All dies Einrichtungsmaterial, Kleines und Großes, Kunst und Wissenschaft war an ein
und demselben Vormittage gekauft und mittels
Handwagen, der ein paarmal fahren mußte, von
einem Trödler in der Mauerstraße nach der Invalidenstraße geschafft worden. Auf die vor allem ver-
wunderlichen französischen und englischen Pracht-
bände hatte *der*, aus dessen Mitteln dies alles kam,
eigens und mit besonderem Nachdruck bestanden,
„auf daß", wie er sich in seiner spöttisch huldigenden Weise auszudrücken liebte, „die Welt erfahre,
wer Pauline Pittelkow eigentlich sei".

Das waren die Schätze, die jetzt, von der Tür
her, einer letzten Musterung unterworfen wurden,
und als schließlich auch noch die Fransen des vor
dem Sofa liegenden Brüsseler Teppichs gerade-
gezupft waren, sagte die Pittelkow: „So, Stine, nu
komm, nu kochen wir uns einen Kaffee, das heißt
einen orntlichen. Und Olga holt uns was dazu.
Willst du Streusel oder bloß mit Zucker und Zimt?"

„Ach, Pauline, du weißt ja . . ."

„Na, dann Streusel . . . Olga."

Und diese, die, weil die Tür aufstand, jedes Wort
gehört und sich nur zum Schein, aber eben deshalb

auch um so zudringlich-liebevoller mit dem „Brüderchen" beschäftigt hatte, stürzte jetzt, wie besessen, aus der Hinterstube nach vorn und war ganz Ohr und Auge.

„Da, Olga. Nu geh. Aber von Katzfuß, nich von Zachow. Und nasche nich wieder und rede nachher von Krümel."

„Und nu, Stine", fuhr die Pittelkow fort, während Olga verschwand und das längst blankgewordene Treppengeländer im Nu herunterrutschte, „nu wird's auch wohl Zeit, uns fein zu machen. Aber komme nich wieder in deinem grünen Kamlott. Du weißt, so was kann er nich leiden. Und solang es so is, wie es is, muß man doch machen, was er will. Und denn bringt er ja auch das ausgepustete Ei mit. Und *die* kenn ich, die verlangen immer am meisten, und wenn's weiter nichts is, wollen sie wenigstens was sehn un Augen machen. Und das weiß auch die Wanda. Paß mal auf, die kommt wieder mit's schwarze Samtkleid und ne Rose vorn. Ich muß immer lachen."

Und wirklich, Wanda kam in schwarzem Samt und sah sehr stattlich aus. Ihr Kopf hatte nichts von der frappierenden Schönheit ihrer alten Schul- und Jugendfreundin, aber an „Pli" war sie dieser, wie die Pittelkow selbst zugestand, sehr überlegen. „In Pli kann ich gegen Elisabetten nich an." Das war die letzte Rolle, worin sie Wanda gesehen und beinahe widerwillig bewundert hatte.

„Ah, Wanda", so begrüßte sie jetzt die Freundin, „das is nett, daß du da bist; immer pünktlich."

„Ja, liebe Pauline, das is so bei uns, das lernen wir wie die Soldaten. Wenn's Stichwort fällt, müssen wir vor, und wenn's das Leben kostet."

Die Pittelkow lachte herzlich, was sie jedoch nicht abhielt, Wanda mit einer gewissen Feierlichkeit in den rechten Sofaplatz hineinzukomplimentieren. Stine, die sehr gut aussah und auf Wunsch der Schwester ihr getüpfeltes „Perlhuhnkleid" anhatte, sollte sich neben Wanda setzen, bestand aber hartnäckig auf ihrem Willen und nahm einen Lehnstuhl der Schauspielerin gegenüber. Zwischen beiden stand ein Riesenbukett, das im Invalidenhausgarten für diesen Festabend geschnitten worden war: ein Dutzend Rosen, aus deren Mitte hohe Feuerlilien aufwuchsen. Wanda, die riechen wollte, bückte sich zu tief hinein und machte sich dadurch einen gelben Bart, was Paulinen ungemein amüsierte. Sogar Olga wurde herbeigerufen. „Sieh, Olga, sieh, Tante Wanda hat nen Schnurrbart. Und was für einen! Ihr sollt mal sehn, Kinder, der junge Graf hat gar keinen!"

In diesem Augenblick wurde die Klingel gezogen, und die Pittelkow ging, um in Person zu öffnen. Stine folgte, weil sie nicht sitzen bleiben und großartig die Dame spielen wollte. Wanda dagegen, im Vollgefühl dessen, was sie sich und der Kunst schuldig sei, rührte sich nicht vom Fleck und thronte weiter. Erst als der Besuch eintrat, erhob sie sich und erwiderte leichthin den Gruß der beiden älteren Herren, während sie vor dem jungen Grafen einen Hofknix machte.

„Darf ich die Herrschaften miteinander bekannt machen?" fragte jetzt Sarastro verbindlich und mit anscheinend ernstester Miene. „Mein Neffe Waldemar" (dieser verbeugte sich), „Frau Pauline Pittelkow, geborene Rehbein, Fräulein Ernestine Rehbein, Fräulein Wanda Grützmacher. Einer Vorstellung unseres Freundes Papageno bedarf es nicht; er genießt des Vorzuges, allen Anwesenden bekannt zu sein."

In der Art, wie diese Vorstellung von den drei Damen aufgenommen wurde, zeigte sich durchaus die Verschiedenheit ihrer Charaktere: Wanda fand alles in Ordnung, Pauline brummte was von Unsinn und Afferei vor sich hin, und nur Stine, das Verletzende der Komödie herausfühlend, wurde rot.

„Hat Borchardt geschickt?"

„Versteht sich, hat er . . ."

„Nun, dann bitt ich also . . ."

Der ungewöhnliche Bestimmtheitston, in dem das alles von seiten Sarastros gesagt wurde, verschnupfte die Pittelkow nicht wenig; sie hielt es aber für angemessen, ihren Ärger darüber auf andere Zeit zu vertagen, und ging mit Stine hinaus, um den schon vorher gedeckten Tisch aus dem Hinterzimmer in das Vorderzimmer zu tragen.

Inzwischen war der alte Graf, der sehr feine Nerven hatte, durch die Feuerlilien und ihren Geruch heftig inkommodiert worden; er nahm sie darum ohne weiteres aus dem Bukett, öffnete das Fenster und warf sie hinaus. „Ein mir unerträglicher Geruch; halb Kirchhof, halb Pfarrgarten. Und von beiden halt ich nicht viel."

Ehe fünf Minuten um waren, war die Tafelrunde geschlossen. Alle saßen an einem ovalen Tisch: obenan der alte Graf, neben ihm Wanda und Stine, dann Papageno und Waldemar, zuunterst aber, also dem alten Grafen gegenüber, seine Freundin Pauline. Sie saß so, daß sie bei jedem Aufblick in den Trumeau sehen mußte, was den alten Grafen, als er es merkte, zu dem halb scherzhaften, halb huldigenden Zuruf: „Ehre, dem Ehre gebührt!" veranlaßte. Die Pittelkow aber gefiel sich heute in Ablehnung solcher Huldigungen und sagte: „Jott, Ehre! *Mir* ist nichts jräßlicher, als immer meine Visage sehn."

„Dann bitt ich meine schöne Freundin, ihren Augenaufschlag etwas niedriger zu richten; sie sieht dann *mich*."

Das erheiterte sie. „Da bin ich doch lieber fürs Gewesene. Da bin ich doch noch lieber für mich."

Sarastro und Papageno waren entzückt und tranken ihrer schwarzen Freundin zu.

„Immer dieselbe", sagte Sarastro. „Nicht wahr, Fräulein Wanda?"

Diese stimmte zu, schon einfach, weil sie mußte, begann aber doch an ihrer Rose zu zupfen, zum Zeichen, daß sie nicht hergekommen sei, sich vor den Triumphwagen der Witwe Pittelkow zu spannen. Dann lehnte sie sich zurück und sah nach der Tellskapelle.

Papageno trug dieser Stimmung Rechnung und kam der Künstlerin, die durchaus versöhnt werden mußte, mit einem Kunstgespräch entgegen, was sich um so eher tun ließ, als auch der alte Graf an allem Theaterklatsch einen ehrlichen Anteil nahm und keinen Unterschied machte, gleichviel, ob sich's um die Lucca oder Patti oder um die letzte Choristin in der „Fledermaus" handelte.

„Meine Gnädigste", begann Papageno, „was dürfen wir demnächst an Neuigkeiten auf Ihrem Kunstinstitut erwarten?"

„Unser Alter", erwiderte Wanda, „will es mit einem Ausstattungsstück versuchen. Er meint, es sei noch das einzige . . ."

„Da hat er recht. Ist es eine Reise nach dem Mond oder in den Mittelpunkt der Erde?"

„Hoffentlich das letztere", warf der alte Graf ein. „Ich bin für Mittelpunkte."

Wanda lächelte. Das Eis war gebrochen, und es wurde ihr von diesem Augenblick an einigermaßen schwer, in einem öden, weil wenigstens zunächst noch unpersönlich verbleibenden Kunstgespräch weiter fortzufahren. Sie bezwang sich aber und sagte, während sie nur dann und wann den alten Grafen verständnisvoll streifte: „Wegen Beschaffung eines Textes hat sich der Alte natürlich kein graues Haar wachsen lassen. Er bleibt bei seiner Abneigung, für Dinge zu zahlen, die man umsonst haben kann, und glaubt, wie mein Kollege Pöltrig sagt, der übrigens studiert hat, anstandslos in das Gebiet der Dichtung übergreifen zu können. Unser Alter ist überhaupt der Mann der Übergriffe, woran ich immer nur mit Unwillen denken kann."

„Empörend!" sagte der alte Graf. „Übrigens ahn ich bereits, an welche Tür er geklopft haben wird. Wohlzuverstehen, an welche Dichtertür. Ich wette zehn gegen eins: Shakespeare . . ."

„Der Herr Graf treffen immer ins Schwarze. Ja, das ‚Wintermärchen', und mir ist die Hauptrolle zugefallen, die der Hermióne, von der ich vorläufig nur weiß, daß ich eine ganze Szene lang auf einem Postamente stehe, ganz schmucklos, aber doch was Weißes um."

Sarastro lächelte. „Diese Besetzung der Rolle kann niemand überraschen, und Sie, mein gnädigstes Fräulein, wenn Sie nicht blind gegen Ihre so deutlich hervortretenden Gaben und Vorzüge sind, am wenigsten. Die Natur hat Sie zu glücklich ausgestattet, als daß das Marmorbräutliche, das hier beinahe ausschließlich in Frage kommt, an Ihnen vorübergehen konnte. Wenn ich mir Sie so denke, ganz Stein, und mit einem Male durchdringt Sie das warme, pulsierende Leben, alles wogt, und in rötlicher Beleuchtung steigen Sie vom Sockel hernieder, um wieder Mensch unter Menschen zu sein — ein erhabener Gedanke . . ."

„Der Herr Graf schmeicheln. Es ist eine Rolle, die durchaus Jugend fordert, ja, mehr als Jugend; ich möchte sagen dürfen: Jugend und Zartheit . . ."

„Eigenschaften, die Sie sich in übergroßer Bescheidenheit nur absprechen, um unsres heftigsten Widerspruchs sicher zu sein. Hermióne, soviel mir vorschwebt, ist schon zu Beginn des Stücks Gattin und Mutter, zudem auf Untreue verklagt — Ereignisse, die doch nur ausnahmsweise vor das vierzehnte Lebensjahr fallen. Ich bitte Sie, was heißt jung, und vor allem, was heißt zart. Es wird mit diesem Worte ‚zart‘ ein beständiger Mißbrauch getrieben, und alles, was bleich oder schwindsüchtig ist, das ist sicher, als zart bezeichnet zu werden. Eine der vielen Verirrungen unsres modernen Geschmacks. Zart, zart; zart ist etwas Innerliches, Seelisches, das auch innerhalb einer vollsten Formengebung existieren kann. Fragen Sie meinen Neffen. Er reist seit fünf Jahren in Italien umher, namentlich in Kirchen, und kennt, schlecht gerechnet, fünftausend Heilige weiblichen Geschlechts. Und was heilig ist, muß doch auch zart sein. Und nun soll er uns Rede stehen über den Begriff der Zartheit. Ich will seinem bessern Urteile nicht vorgreifen, aber ich wage vorweg die Behauptung, alles, was er von heiligen Cäcilien und Barbaras und selbstverständlich auch von Genovevas, die immer die Hauptsache bleiben, gesehen hat — alle waren Damen von Ihrer Konstitution, meine Gnädigste, Damen, denen alles Mondscheinene fehlte, Damen in schwarzem Samt und roter Rose. Waldemar, ich bitte dich dringend, unterstütze mich in einer Sache, die meinem Herzen und meinem Kunstgefühl gleich viel bedeutet.“

Er stieß mit Wanda an und hatte die Freude, daß Waldemar auf den angestimmten Ton einging und unter verbindlichem Lächeln versicherte: der Onkel habe recht; alle Heiligen seien wohlproportioniert, und auch das Zarteste könne sich noch innerhalb der Wellenlinie . . .

„Brav, brav“, unterbrach hier der Graf. „Und so

bitt ich denn, die Gläser zu füllen, um auf das Wohl Hermiónens zu trinken — eine von Fräulein Wanda bevorzugte Akzentverschiebung, die mir eine ganz neue Auffassung verspricht. Denn die Akzente machen's im Leben und in der Kunst. Es lebe die Kunst, es lebe das Zarte, es lebe die Wellenlinie, vor allem, es lebe Hermióne-Hermíone, es lebe Fräulein Wanda, es lebe die rote Rose!"

Wanda verneigte sich und überreichte dem alten Grafen die rote Rose, die so sinnig den Schluß seiner Rede gebildet hatte. Der alte Baron aber stieß von der andern Seite her mit beiden an.

Es folgte nun Toast auf Toast, Papageno ließ Stine leben, und nachdem auch noch Waldemar, ebenfalls an Stine sich wendend, ein paar Worte gesprochen, sprach Wanda, wie herkömmlich, in Klappreimen, die sie sich übrigens auf die einfachste Weise, indem sie „Liebe" statt „Freundschaft" setzte, für Gelegenheiten wie die heutige aus einem alten Stammbuchvers zurechtgemacht hatte. Zuletzt ergriff der alte Graf noch einmal das Wort, um seine Freundin Pauline leben zu lassen. Er verschwieg aber ihren Namen dabei, sprach nur ganz allgemein über den Zauber und die Vorzüge der Witwenschaft und schloß mit dem Ausruf: „Es lebe meine Mohrenkönigin, meine Königin der Nacht!"

Alles erhob sich, und Baron Papageno versicherte, daß das ein echter Sarastro-Toast gewesen sei und daß die Reihe der Trinksprüche nicht würdiger hätte schließen können.

Alle stimmten zu, nur nicht *die*, der der Trinkspruch gegolten hatte. Das Drastische darin mochte gehen (verhöhnte sie doch selber alles, was sie „sich zieren" nannte), der Spott aber, der durchklang, und ein behagliches Sich-Ergehen in Witzeleien, die sie nur halb verstand und die gerade deshalb ihr schlimmer erschienen als sie waren — *das* verdarb ihr die Stimmung, und so sagte sie, während sie sich verfärbte: „Na, Graf, bloß nich so, bloß nich übermütig. Das lieb ich nich. Un so vor alle! Was sollen denn der junge Herr Graf davon denken?"

„Immer das Beste!"

„Na, das Jute wäre mir lieber." Und während sie sich Wasser einschenkte, wiederholte sie: „Königin der Nacht. Is nich zu glauben."

FÜNFTES KAPITEL

Die sich im Herzen der Witwe Pittelkow regende Verstimmung würde sich bei der vorherrschenden Tafelheiterkeit unter allen Umständen rasch wieder verzogen haben; der alte Graf aber, der die beispiellose Heftigkeit seiner „Königin der Nacht" nur zu gut kannte, hielt es nichtsdestoweniger für angezeigt, auch der bloßen Möglichkeit eines Sturmes vorzubeugen. „Ich denke", sagte er, „wir sorgen für etwas frische Luft und nehmen im Nebenzimmer den Kaffee."

„Geht nich", erwiderte die Pittelkow. „Alle Gardinen ab; alles wie Kraut und Rüben..."

„Gut denn, so bleiben wir. Auch eng und warm hat seine Vorzüge... Darf ich bitten..." Und damit nahm er, die Tafel aufhebend, Wandas Arm und geleitete sie bis an den Sofaplatz, den sie beim Erscheinen der Herren innegehabt hatte. Der junge Graf führte Stine, während der mit der Sitte solcher Pittelkow-Abende längst vertraute Baron ohne weiteres einen eleganten Likörkasten und eine Zigarrenkiste vom Büfett her auf den Sofatisch setzte. Der alte Graf nickte zustimmend, strich ein Phosphorholz an der Sohle seines Lackstiefels und zündete sich eine sorgfältig gewählte Havanna an. Als er den ersten Zug getan und die Wolke weggeblasen hatte, wandte er sich kavalierhaft verbindlich an Wanda und Stine und sagte: „Die Damen erlauben doch?"

Frau Pauline hatte sich gleich von Tisch in die Küche begeben und kam schon nach wenigen Minuten mit dem Kaffee zurück, eine Schnelligkeit, die sich nur daraus erklärte, daß sich Olga der ihr gewordenen Doppelaufgabe: das Kind ruhig und das Wasser im Kochen zu erhalten, mit einer durch Furcht und Hoffnung gleichmäßig geschärften Gewissenhaftigkeit unterzogen hatte. Der Kaffee wurde präsentiert, auch der alte Baron nahm aus dem Zigarrenkistchen, und einen Augenblick später kräuselten sich die Rauchwolken von zwei Seiten her durch die Luft.

„In der ganzen Welt gibt es keine zweite solche Zigarre", versicherte Papageno.

„Zugestanden", erwiderte der Graf. „Und zudem eine Zigarre *hier*, im Hause meiner Freundin, ist mir immer wie Opiumrauchen, das glücklich macht, und bei jedem neuen Zuge seh ich die Gefilde der Seligen oder, was dasselbe sagen will, die Houris im Paradiese."

„Na, na", sagte die Pittelkow, die, wenn sie nicht schon da waren, neue Verhöhnungen fürchten mochte.

Der alte Graf aber ließ sich durch diesen Zuruf nicht stören und fuhr seinerseits fort: „Überhaupt alles wundervoll, und ich vermisse nur eins: die Liköre. Papageno hat freilich für den Kasten gesorgt (dafür ist er Papageno), aber nicht für den Schlüssel . . . Ah, sieh da, Fräulein Stine bringt ihn schon. Ich glaube, sie hat überhaupt den Schlüssel

29

und schließt uns jedes Glück auf, vorausgesetzt, daß
sie will . . . Und nun überlassen Sie mir die Wahl,
meine Damen. Ich wette, daß ich's für jede von
Ihnen treffe."

„Das wäre", sagte Wanda, „da bin ich doch neugierig."

„Es ist leichter, als Sie denken. Jedem sind seine
Neigungen von der Stirn zu lesen: hier, meine
Freundin, ist für Curaçao" (die Pittelkow nickte),
„der früher unter dem schlichteren Namen ‚Pome-
ranzen‘ eine nicht verächtliche Karriere machte;
Fräulein Stine ist natürlich für Anisette, und Fräulein Wanda für einen Benediktiner oder zwei. Kosten Sie, meine Gnädigste. Wie denken Sie über
solche Mönche? Nicht wahr, nicht übel?"

Es wurde nun immer belebter, und je mehr sich
eine narkotische Wolke durch das Zimmer verbrei-
tete, desto mysteriöser wurd auch die Sprache. Der
alte Graf übernahm dabei die Führung, während
Baron Papageno sekundierte. Beider Intimitäten
aber richteten sich ausschließlich an Wanda, weil sie
vor den beiden Schwestern eine gewisse Scheu hatten, vor der älteren um ihres unberechenbaren Tem-
peraments, vor der jüngeren um ihrer Unschuld willen. Wanda, die die momentane Vernachlässigung
zu Beginn der Tafel längst vergessen hatte, sah in
diesem beständigen Sichwenden an ihre Person
selbstverständlich nichts als einen ihr zustehenden
Triumph und berauschte sich in der Fülle der ihr
immer eindringlicher zuteil werdenden Huldigungen. Und was die Huldigungen nicht taten, das tat
der Benediktiner. Alle Grandezza war längst abge-
streift, und als sie mit einigen Kulissengeheimnissen
debütiert und namentlich den alten Direktor in seiner eigentlichsten Sphäre, der des Serails, gekenn-
zeichnet hatte, war sie vorgeschritten genug, dem

Wunsche des alten Grafen, der nach Proben ihrer Kunst verlangte, nachzugeben. Ein paar auch jetzt noch verbleibende Bedenken wurden durch Baron Papageno beseitigt, der im rechten Momente erzählte, „die Rachel habe, mit nichts als einem Spitzenschleier drapiert, auf der Pfaueninsel die Phädra gespielt und den Kaiser Nikolaus zur Bewunderung hingerissen: er bezweifle nicht, daß Wanda dasselbe könne, gleichviel nun, ob sie den Ritter Toggenburg oder den Gang nach dem Eisenhammer oder auch bloß den Handschuh deklamiere. Aber einer müsse hinter ihr stehen und die Gesten machen; ohne Gesten sei der Erfolg nur halb." Diese Frage wurde weiter ausgesponnen, und nachdem man die verschiedenen Formen und Zusätze durchgenommen hatte, durch deren Anfügung die Schillersche Ballade zu höherer Wirkung gelangen sollte, kam man schließlich überein, da doch alles auf den dramatischen Effekt hinauslaufe, lieber die Deklamation ganz fallenzulassen und statt dessen ein Stück aufzuführen: ein Schattenspiel oder am liebsten eine *Kartoffelkomödie*. Dieses Wort, kaum gefallen, wurde mit Begeisterung aufgenommen, und Wanda, nachdem sie die noch vor ihr stehende kleine Tasse geleert, erhob sich von ihrem Sofasitze, zum Zeichen, daß sie nunmehr bereit sei, mit einer dramatischen Aufführung zu beginnen.

„Aber was? was? . . . Lustspiel oder Trauerspiel?"

„Natürlich Trauerspiel . . ." so klang es durcheinander, und selbst der junge Graf und Stine, die sich bis dahin zurückgehalten hatten, wurden lebendig. Wanda selbst aber verbeugte sich und sagte nicht ohne Anflug von Humor: „Ein verehrungswürdiges Publikum wird seiner Zeit über Inhalt und Titel des näheren verständigt werden."

„Bravo! Bravo!"

Hierauf zog sie sich in der Tat zurück und ging in die Küche, wo sie das Nötigste für die Komödie zu finden hoffte. Die Pittelkow folgte. Bald danach aber erschienen beide wieder in Front der Wohnung, wo man sofort, die nach der Nebenstube führende Flügeltür öffnend, innerhalb ebendieser Türöffnung ein kariertes Plaid auszuspannen und in etwa Manneshöhe zu befestigen begann. Dahinter nahm jetzt Wanda ihren Stand und drückte das Plaid gerade weit genug herunter, um bequem darüber fortsehen zu können. Und nun verkündigte sie: „Judith und Holofernes, Trauerspiel in zwei Akten von Tussauer, ohne Musik. Wir beginnen mit dem ersten Akt („sehr gut" . . . „merkwürdig") oder, was dasselbe sagen will, mit der Zeltgasse des Holofernes."

Und nach dieser Ankündigung schnellte das Plaid wieder in die Höhe, und an Stelle von Wandas brünettem Gesicht erschien eine weißgekleidete Kartoffelprinzessin mit rotem Turban und rotem Siegellackmund. Natürlich Judith. Diese verneigte sich, geschickt dirigiert, vor dem Publikum, sah abwechselnd nach links und rechts, wie wenn sie jemand erwartete, und begann dann in etwas heiserem Ton:

> „Er *ist* es, Holofern, der schwergeprüfte Mann,
> Ich seh sein großes Schwert und einen Klunker
> dran."

Wirklich zeigte sich in ebendiesem Augenblicke von der einen Seite her eine hagere Rotmantelgestalt mit einer Papierkrone:

> „Wer bist du, schöne Frau? Wo kommst du
> hergereist?
> Im Krieg ist mancher Mann manchmalen etwas
> dreist."

„Auch im Frieden", tuschelte Sarastro dem Baron
zu. Judith aber fuhr fort:

> „Ergebne Dreistigkeit erleid ich sittig gern,
> Ich nenne *Judith* mich und suche *Holofern*."
> „So bin *ich's*, den du suchst . . . Wie war ich so
> allein . . ."
> „Doch nur durch *deine* Schuld . . ." „Es soll nicht
> länger sein."

Und unter einem halb befehlshaberischen, halb
vertraulichen Augen- und Fingerwink auf sein Zelt
zuschreitend, folgte Judith, während das gleichzeitig im Nebenzimmer erlöschende Licht anzeigte, daß
der Vorhang vorläufig falle.

Der junge Graf wollte Beifall klatschen, der
Oheim aber hielt ihn zurück und erklärte, „daß
man sein Feuer, auch in solchen Dingen, nie zu früh
verknattern müsse. Dies alles sei nur Vorspiel und
stelle viel, viel Intrikateres in Aussicht. Er, für seine
Person, sei vor allem neugierig, wie Fräulein Wanda
gewisse szenische Schwierigkeiten, so beispielsweise
das Konnubium und in zweiter Reihe die Dekapitation, überwinden werde. Freilich bestreite man
jetzt das Vorhandensein szenischer Schwierigkeiten,
aber alles habe doch seine Grenze."

Sarastro würde noch weitergesprochen haben,
wenn nicht das sich wieder erhellende Nebenzimmer
den Fortgang der Handlung angezeigt hätte. Wirklich erschien im nächsten Augenblicke Judith aufs
neue, diesmal, um ihren entscheidenden Monolog zu
halten.

> „Er sterbe . . . Muß er's denn? Mir selber ist es
> leid,
> Er sprach von einem Schmuck und sprach von
> einem Kleid,

33

Allein, wer bürgt dafür? Ich weiß, wie Männer
sind,
Ist erst der Sturm vorbei, so dreht sich auch der
Wind:
Er sprach von Frau sogar, allein, was ist es
wert? . . .
Komm denn an meine Brust, geliebtes Rache-
schwert;
Er hat es so gewollt — ich fasse seinen Schopf,
Daß er mich zubegehrt, das kostet ihm den
Kopf."

Und im selben Augenblicke (die Gestalt des Holofernes war inzwischen aus der Tiefe heraufge-
stiegen) vollzog sich auch schon der Enthauptungs-
akt, und der Kopf des Holofernes flog, über die
Gardine fort, ins andre Zimmer hinein und fiel hier
vor Baron Papageno nieder. Alles klatschte dem
Stück und mehr noch dem virtuosen Schwerthiebe
Beifall, der alte Baron aber nahm den ihm zu Füßen
liegenden Kopf auf und sagte: „Wahrhaftig, bloß
eine Kartoffel. Kein Holofernes. Und doch war es
mir, als ob er lebe. Was eigentlich auch nicht wun-
dernehmen kann. Denn früher oder später ist eine
derartige Dekapitation unser aller Los. Irgendeine
Judith, die wir ‚zubegehren' — beiläufig eine herr-
liche Wortbildung — entscheidet über uns und tötet
uns so oder so."

„Lassen Sie's, Baron. Wozu diese schwermütigen
Betrachtungen. Ich find es einfach superb. Und glücklich der Dichter, der derlei schaffen konnte. Sie,
Fräulein Wanda, nannten vorhin einen Namen,
aber vielleicht nur, um von sich persönlich abzulen-
ken . . . Eigene Schöpfung?"

„O nein, Herr Graf."

„Nun, wenn nicht von Ihnen, meine Gnädigste,
von wem denn?"

„Von einem jungen Freunde."

„Will sagen, von einem alten Anbeter."

„Nein, Herr Graf, von einem wirklichen jungen Freunde, von einem Studenten."

„Das sind wir alle. *Was* studiert er? Darauf kommt es an."

„Ich habe das Wort vergessen, und auf seiner Karte steht es immer nur halb. Und sein Museum ist in der Königgrätzer Straße. Da wollen sie, wenn mir recht ist, herauskriegen, wie die Welt entstanden ist und woraus und wann."

„Und vielleicht auch warum? Ein sehr interessantes Studium ... Und er dichtet auch?"

Wanda bejahte, zugleich hinzusetzend, daß es nichts Leichtes gewesen sei, seiner ernsten Richtung in der Kunst ein Stück wie Judith und Holofernes abzugewinnen. „Er werde seine Muse nicht entweihen", seien damals seine Worte gewesen. Aber sie habe, Gott sei Dank, Mittel in Händen gehabt, ihn zu zwingen.

„Ah, ich verstehe ..."

„Nein, nicht *das*, Herr Graf. Er ist ein sehr verschämter junger Mann und liest mir bloß seine großen Trauerspiele vor, immer mit einem Vorspiel. Und dabei hofft er auf meine Fürsprache. Damit hab ich ihn in der Gewalt. Freilich, ich muß es sagen, es wird nichts mit ihm. Aber ein guter Junge, der mir alles zuliebe tut."

„Glaub ich", lachte der Baron. „Aber, meine Gnädigste, wer wollt es auch anders? Und nun denk ich, wir machen einen Whist."

Ein Spieltisch wurde herbeigeschafft und aufgeklappt, und die drei Herren und Wanda nahmen Platz. Auf ein niedriges Tischchen daneben wurde ein Champagnerkühler gesetzt, und der alte Graf in Person machte den Wirt. Eigentlich trank nur Wanda, trotzdem auch ihr ein Spatenbräu sehr viel lieber gewesen wäre. Stine stand hinter Papagenos Stuhl und mußte die Versicherung mit anhören: „eine reine Jungfrau bringe Glück." Die Pittelkow machte sich wirtschaftlich zu tun und putzte bereits die Gabeln wieder blank.

So verging eine gute Weile. Zuletzt aber warf der alte Graf die Karten hin und sagte: „Kommt nichts dabei heraus. Ein Spiel ist eigentlich nur was, wenn es la banque ou la vie geht. Ich glaub, ich habe sieben Mark verloren und quäle mich nun schon eine Glockenstunde. Wanda, sind Sie bei Stimme? Natürlich; was frag ich noch. Eine Dame wie Sie hat ihre Requisiten immer bei sich. Omnia mea mecum portans . . ."

Papageno lachte.

Der alte Graf aber fuhr fort: „Omnia mea . . . Welche Perspektive! Auf Ihr Wohl, Wanda. Und auf das Ihre, Fräulein Stine. Pauline braucht unser Wohl nicht, *der* ist wohl von selbst."

„Na, na, Graf. Bloß nich so. Von selbst? Wovon denn? Weiß es Gott, es is auch nich immer 'n Vergnügen."

„O vorzüglich, Pauline. Du bist doch die Beste. Stoß an, Kind. Aber nun singen, Wanda."

„Ja, wer begleitet?"

„Natürlich der, der allein begleiten kann: Papageno."

„Gut, gut."

Und der alte Baron schob einen Stuhl ans Klavier, drehte den kleinen Schlüssel und öffnete. „Was soll es sein?"

„Nun", sagte der alte Graf, „das wenigstens sind wir dir schuldig, Freund, daß wir mit der Papageno-Arie beginnen. Also: ‚Bei Männern, welche Liebe fühlen, fehlt auch ein gutes Herze nicht.' Aber freilich, das ist eine Plattitüde, das ist selbstverständlich. Erst was folgt, ist das Eigentliche. ,Die süßen Triebe mitzufühlen, ist dann des Weibes erste Pflicht.'"

Der Baron nickte zustimmend und wiederholte den Schluß: „ist dann des Weibes erste Pflicht." Wanda aber, die, wie die meisten ihrer Art, an ganz unmotivierten Anstands- und Tugendrückfällen litt, sagte mit einem Male: „Nein, meine Herren, es ist noch zu früh. Ich finde, dies Lied ist schon über der Grenze."

Die Herren sahen einander an, weil keiner wußte, was er aus diesem Unsinn machen sollte; die Pittelkow aber, die sich über das „Wandasche Gehabe" ganz aufrichtig ärgerte, fuhr energisch dazwischen und sagte: „Jott, Wanda, bloß keine Geschichten. Jrenze! Wenn einer so was hört! Man is entweder rüber, oder man is nich rüber. Un wenn man erst rüber is, und wir sind rüber, dann is es auch ganz egal, ob es Klock zehn is oder Klock elfe. Nein, Wanda, bloß nich zieren. Immer anständig, dafür bin ich; aber zieren kann ich nich leiden."

Es schien sich ein Streit entspinnen zu sollen, der, bei dem rücksichtslosen Charakter der Pittelkow, bei der alles immer biegen oder brechen mußte, leicht zu sehr unliebsamen Erörterungen hätte führen können. Niemand wußte das — nach allerpersönlichsten Erfahrungen — besser als der alte Graf selbst. Er sprang also über den Streitpunkt rasch weg und sagte: „Dann bin ich, wenn es die Zauberflöte nicht sein kann, für den Alten Feldherrn. Aber im Kostüm."

Das wurde denn auch allerseits freudig aufgenommen, und nach kurzem Rückzug in die Nebenstube trat Wanda wieder ein, rot drapiert und eine Gardinenstange statt des Fahnenstocks in der Hand.

„Singen, singen!"

„Ich werde ja", sagte Wanda, sich vor ihrem Publikum verneigend, „aber was? Der alte Feldherr hat *zwei* Stücke."

„Nun denn, das Hauptstück: ‚Fordre niemand, mein Schicksal zu hören.' Ein wundervolles Lied und ebenso wahr wie ergreifend. Eigentlich könnt es jeder singen, vor allem solche alte Feldherren wie wir. Nicht wahr, Papageno? Aber nun anfangen. Schnell, schnell."

Und im nächsten Augenblick brach es los, und durch alle drei Stockwerke hin, so daß selbst die Polzins oben es hören konnten, klang es in immer erneutem Refrain:

> „Ist mir nichts, ist mir gar nichts geblieben,
> Als die Ehr und dies alternde Haupt."

Die Pittelkow hatte sich dabei hinter den Stuhl des alten Grafen gestellt und schlug mit ihrem Zeigefinger den Takt auf seiner kahlen Kopfstelle.

Wanda war glücklich und gab immer Neues zum besten, wobei die Pittelkow, die viel Gehör hatte, die zweite Stimme sang, während Sarastro mit seinem Baß und der nach wie vor am Klavier begleitende Papageno mit seinem schadhaft gewordenen Bariton einfielen.

Nur der junge Graf und Stine schwiegen und wechselten Blicke.

SECHSTES KAPITEL

So verging noch eine Stunde. Dann brach man endlich auf, und Sarastro und Papageno baten mit aller Dringlichkeit um die Ehre, Fräulein Wanda, „damit ihr nichts zustoße", gemeinschaftlich nach Hause bringen zu dürfen. Der junge Graf schloß sich wohl oder übel an. Die so doppelt und dreifach Gefeierte drang freilich ihrerseits auf Vereinfachung des Verfahrens, immer wieder versichernd, „daß einer genüge". Sie sah sich aber überstimmt. „Die Verantwortung sei zu groß."

Als alle fort waren, nahm die Pittelkow ihre Schwester um die Taille, walzte mit ihr dreimal im Zimmer umher und sagte dann: „So, Stine, nu wird es erst nett. Eine braune Kanne voll hab ich uns gleich noch beiseite gestellt, und ein paar Morgensemmeln sind auch noch da. Die werden nu woll zäh genug sein, aber mit Butter geht es doch, da rutschen sie . . . Nein, diese Wanda; nich zu glauben. Und eine Stimme wie ne Harfenjule."

Stine versuchte zum Guten zu reden und warf der Schwester vor, daß sie, wie gewöhnlich, viel zu streng sei. Zudem verrate sie sich; alles, was sie da sage, sei doch bloß aus Eifersucht. Aber sie brauche gar nicht eifersüchtig zu sein, denn alle drei seien ja mitgegangen, und drei seien immer besser als einer. Die gute Wanda! Nun ja, wenn man wolle, so ließe sich jedem was am Zeug flicken (ihnen beiden auch); alles in allem aber sei die Grützmacher eigentlich eine nette Person, und jedenfalls eine sehr gutmütige.

„Ja", sagte Pauline, „das ist sie; man bloß so wichtig und zierig. Und wenn sie sich dann ausgeziert hat, denn ziert sie sich wieder nicht genug und hat so was Johliges und Genierliches."

„Du bist heute gut im Zuge", lachte Stine. „Das also ist Wanda. Und nun sage mir, wie bin *ich* denn? Aber nein, sag es nur lieber nicht . . ."

„Will auch nicht . . ."

„Sage mir lieber etwas über die drei. Wie steht es mit dem alten Grafen?"

„Ein Ekel."

„Und mit dem Baron?"

„Ein Dummbart."

„Und mit dem jungen Grafen?"

„Ein armes, krankes Huhn."

SIEBENTES KAPITEL

Der nächste Tag verging, ohne daß sich die Schwestern auch nur gesehen hätten: die Pittelkow hatte wieder Ordnung zu schaffen, und Stine sollte bis Sonnabend abend noch eine große Rahmenstickerei abliefern.

Und still und ohne Begegnung wie der erste Tag schien auch der zweite vergehen zu sollen. Niemand kam zu Stine hinauf, und diese — nachdem Olga den Drücker gebracht hatte — wußte nur das eine, daß ihre Schwester Pauline mit beiden Kindern in die Stadt gegangen sei. Langsam schwanden die Stunden, und die niedergehende Sonne hing schon tief zwischen den zwei Türmen des Hamburger Bahnhofs, als ein elegant gekleideter Herr die Invalidenstraße heraufkam und in Nähe des von Stine bewohnten Hauses eine Häusermusterung begann. Es war der junge Graf, der, seinem Sehen und Suchen nach zu schließen, die Pittelkowsche Hausnummer samt ihrem a, b, c vergessen haben mußte, trotzdem aber darauf rechnete, sich in dem Wirrwarr zurechtzufinden. Und sei's nun aus Zufall oder mit Hilfe kleiner Zeichen, er traf es wirklich; und als er gleich danach auf dem ersten Treppenflur: „Witwe Pittelkow" las, stieg er, nunmehr sicher geworden, ohne weiteres bis ins dritte Stock hinauf und klingelte. Stine, die die Schwester erwartet haben mochte, kam rasch und öffnet=

„Gott, Herr Graf."

„Ja, Fräulein Stine."

„Sie wollen zu meiner Schwester; meine Schwester muß gleich zurückkommen. Ich habe Drücker und Schlüssel und kann Ihnen aufschließen."

„Nein, ich will *nicht* zu Ihrer Schwester; ich will zu Ihnen, Fräulein Stine."

„Das geht nicht, Herr Graf. Ich bin allein, und ein alleinstehendes Mädchen muß auf sich halten. Sonst gibt es ein Gerede. Die Leute sehen alles."

Er lächelte. „Wenn es so ist, Fräulein Stine, dann ist rasches Eintreten immer noch das sicherste."

„Nun gut, Herr Graf ... Ich bitte ..."

Und damit trat sie von der Korridortür zurück und ging ihm voran, auf ihr Zimmer zu.

Die Polzin hatte, solange das Gespräch dauerte, beobachtend an ihrem Türguckloch gestanden. Im selben Augenblick aber, wo Stine, voranschreitend, den Grafen in ihr Zimmer führte, wandte sie sich ebenfalls in ihre halbdunkle Stube zurück, in der auf einem kienen Klapptisch bereits das Abendbrot für ihren Mann stand: ein Bückling und ein rundes Landbrot, von dem sie jedesmal zwei kaufte, „weil sich das frische zu sehr wegschneide".

„Na", sagte Polzin, „was meinst du, Mutter? Drei Mark mehr is nu woll nich zuviel?"

„Drei ...? Wo denkst du hin? Wenigstens fünfe. Man bloß, daß es noch nich sicher is. Er war so zittrig und bibberte so."

Und bei diesen Worten legte sie das Ohr wieder an die Wand, während Polzin, der mit seiner Klapperei die Horcherszene nicht stören wollte, von seiner Arbeit aufstand und sich an sein Abendbrot machte.

ACHTES KAPITEL

Der unerwartete Besuch war inzwischen in das Frontzimmer eingetreten, und während Stine wieder auf das Fenster und ihre hier aufgestellte Rahmenstickerei zuschritt, forderte sie den jungen Grafen auf, auf dem schräg zur Seite stehenden Sofa Platz zu nehmen. Er lehnte dies aber ab und schob statt dessen einen Stuhl in die Nähe Stines, die sich ihrerseits sofort wieder ihrer Arbeit zuwandte, freilich in sichtlicher Erregung. Die Nadel flog, und der orangefarbene Faden von Flockseide blitzte bei jedem neuen Stich, den sie machte.

„Nun, Herr Graf", begann sie, während sich ihr Kopf immer tiefer auf die Stickerei senkte, „was verschafft mir die Ehre? Was führt Sie zu mir?"

Aber ehe der, an den sich die Frage richtete, noch antworten konnte, fuhr sie schon mit einer ihr sonst fremden Lebendigkeit fort: „Ich glaube, Sie verkennen mich. Sie mögen darüber lachen, aber ich bin ein ordentliches Mädchen, und ist keiner in der Welt, der hintreten und zu mir sagen kann: ‚Du lügst.' Ich sehe ja, wie's geht, ... nein, nein, lassen Sie mich ausreden... und solch ein Leben, wie's meine Schwester führt, verführt mich nicht; es schreckt mich bloß ab, und ich will mich lieber mein Leben lang quälen und im Spital sterben, als jeden Tag alte Herren um mich haben, bloß um Unanständigkeiten mit anhören zu müssen oder Anzüglichkeiten und Scherze, die vielleicht noch schlimmer sind. Das kann ich nicht, das will ich nicht. Und nun wissen Sie, woran Sie sind."

„Fräulein Stine", sagte der junge Graf, „Sie sagen, ich irrte mich in Ihnen. Ich glaube nicht, daß ich mich in Ihnen irre. Aber selbst, wenn es so wäre, so lassen Sie mich Ihnen sagen, Sie irren sich auch in mir. Ich komme zu Ihnen, weil Sie mir gefallen und mir eine Teilnahme eingeflößt haben, oder lieber rundheraus, weil Sie mir leid tun. Ich habe es Ihnen wohl angesehen, daß an dem Abende neulich nicht alles nach Ihrem Sinn und Geschmack war, und da nahm ich mir vor, du willst sehen, wie's dem Fräulein Stine geht. Ja, Fräulein, das nahm ich mir vor, und wenn ich Ihnen helfen kann, so *will* ich Ihnen helfen und Ihnen Ihre Freiheit wiedergeben und Sie losmachen aus dieser Umgebung. Ich glaube, daß ich es kann, trotzdem ich kein Prinz bin und noch weniger ein Wundertäter. Und Sie dürfen auch nicht fürchten, daß ich eines Tages mit der Absicht kommen werde, mir einen schönen Dank dafür zu holen. Nein, nichts davon. Ich bin krank und ohne Sinn für das, was die Glücklichen und Gesunden ihre Zerstreuung nennen. Eine lange Geschichte, womit ich Sie nicht behelligen will, wenigstens heute nicht."

Er hatte sich, während er diese letzten Worte sprach, erhoben und sah, seine Hand auf Stines Stuhl lehnend, in den Sonnenball, der eben zwischen den nach Westen stehenden Bäumen des Invalidenparks niederging. Alles schwamm in einem goldenen Schimmer, und das Schweigen, in das er verfiel, zeigte, daß er auf Augenblicke von nichts als von der Schönheit des sich vor ihm auftuenden Bildes hingenommen war. Endlich aber nahm er sich Stines Hand und sagte: „Was hab ich da gesprochen von Freiheit geben und Sie wieder losmachen wollen! Geben Sie mir keine Antwort darauf. Alles falsch und eingebildet und töricht dazu. Weil ich mich selber hilfebedürftig fühle, war ich wohl des Glaubens, Sie müßten auch hilfebedürftig sein. Aber ich empfinde mit einemmal, das Sie's *nicht* sind, daß Sie's nicht sein können."

Stine lächelte vor sich hin. Der junge Graf aber, der es nicht sah oder nicht sehen wollte, fuhr in dem ihm eigentümlich elegischen Tone fort: „Ja, Fräulein Stine, das Kranksein, das eigentlich von Jugend auf mein Lebensberuf war, es hat auch seine Vorteile; man kriegt allerlei Nerven in seinen zehn Fingerspitzen und fühlt es den Menschen und Verhältnissen ab, ob sie glücklich sind oder nicht. Und mitunter sogar den Räumen, darin die Menschen wohnen. Und *hier* lehren mich meine Sinne, Sie können nicht unglücklich sein. Es ist nicht ein Zufall, daß ein solches Bild hier vor Ihnen ausgebreitet liegt, und ein Zimmer, in das die Sonne jeden Abend so freundlich blickt, das ist ein gutes Zimmer.“

„Ja“, sagte Stine, „das ist es. Freilich, man soll sich seines Glückes nicht rühmen, schon um's nicht zu berufen. Aber es ist wahr, ich bin glücklich.“

Der junge Graf sah sie bei diesen Worten forschend und beinahe verwundert von der Seite her an. Er hatte sich darin gefallen, ihr, um der freundlichen Umgebung willen, in der er sie gegen Erwarten antraf, ohne weiteres das Glück zuzusprechen, und war nun doch betroffen, sie so rundheraus das bestätigen zu hören, was er ihr selber eben gesagt hatte. Stine sah das alles und setzte deshalb hinzu: „Sie müssen nun freilich nicht denken, ich wisse vor lauter Glück nicht ein noch aus. So steht es auch nicht. Ich bin glücklich, aber nicht wie die, welche die Not nicht kennen und immer nur gute Tage haben. Und bin auch nicht so glücklich wie die katholische Schwester, die mich letzten Winter in meiner Krankheit pflegte. Solche fromme Seele, die nichts will als Gott wohlgefällig sein, ja, *die* hat freilich mehr, und mit der steht es besser. Aber ich bin so gut dran wie gewöhnliche Menschen, die Gott schon danken, wenn ihnen nichts Schlimmes passiert.“

„Und das Zusammenleben mit Ihrer Schwester! Ist es Ihnen keine Last und keine Sorge?"

„Nein. Ich liebe meine Schwester, und sie liebt mich."

„Aber Sie sind doch so sehr verschieden."

„Nicht so sehr, wie Sie glauben. Sie verkennen meine Schwester; meine Schwester ist sehr gut."

„Aber das Verhältnis, in dem sie steht! Es muß doch darüber geredet werden und Anstoß geben bei Leuten, die noch ihren Katechismus haben und die zehn Gebote halten."

„Ja, bei denen gibt es freilich Anstoß, und meine Schwester, wenn sie mit solchen zusammentrifft, muß oft böse Worte hören. Aber so heftig sie sonst ist, so ruhig ist sie dabei. Sie hat nämlich einen sehr guten Verstand und ein großes Gerechtigkeitsgefühl, und wenn sie solche Worte hört, so sagt sie: ‚Ja, Stine, das ist nun mal nicht anders; wer sich in den Rauch hängt, der wird schwarz.'"

„Nun gut. Aber einen je besseren Verstand Ihre Schwester hat, und je mehr sie zugibt, so wie sie lebt, das Urteil und Gerede der Leute herauszufordern, desto mehr muß sie doch leiden unter der Mißachtung, die sie trifft."

„Es wäre vielleicht so", nahm Stine wieder das Wort, „wenn alle Menschen in einerlei Weise dächten. Aber das ist nicht der Fall. Die, die sie verurteilen (und die mitunter lieber schweigen sollten), das sind immer nur einzelne; die meisten plappern ihre Lehren und Vorwürfe nur so herunter und meinen es nicht bös und denken in ihren Herzen ganz anders darüber."

„Wie das?"

„Ja, das ist schwer zu sagen; aber es ist so und kann auch kaum anders sein. Denn die, die Not leiden, wollen vor allem aus ihrer Not und ihrem

Elend heraus und sinnen und simulieren bloß, wie das zu machen sei. Brav sein und sich rechtschaffen halten, das ist alles sehr gut und schön, aber doch eigentlich nur was Feines für die Vornehmen und Reichen, und wer arm ist und das Feine mitmachen will, über den ziehen sie bloß her (und die gestern noch die Strengsten waren, am meisten) und reden und spotten, daß man was Apartes sein wolle. ‚Die denkt wohl, sie sei es.‘ Ach, wie oft hab ich das hören müssen.“

„Welche Verworrenheit der Begriffe.“

„Ja, so nennen Sie's, und ich mag nicht widersprechen. Aber dieselben Leute, die so verworren scheinen, sind auch wieder sehr hell und halten auf Pflicht, wo sie sich aus freien Stücken verpflichtet haben. Und das gleicht manches wieder aus. Neben ihrem bloßen Gerede, das heute so ist und morgen so, gibt es auch was, das ihnen feststeht, und das ist das Wort und die Zusage. Mit dem ‚sich gut halten‘, solange man frei ist, kann man's am Ende halten, wie man will; aber mit dem Kontrakte muß man's halten, wie man soll. Was ich übernehme, das gilt, und ehrlich sein ist die Hauptsache geworden. Und so kann es einer armen Frau passieren, in einem Verhältnis, das nicht löblich ist, doch noch gelobt zu werden.“

„Und dieses Vorzuges genießt Ihre Schwester?“

„Ja. Daß sie das Verhältnis hat, ist ihr kein Lob, aber bei der großen Mehrzahl auch keine Schande. Die arme Frau, so sagen sie, sie hätt's lieber anders. Aber sie *muß*. Und muß ist eine harte Nuß. Und so läßt man sie's nicht entgelten und fordert nur das *eine* von ihr, daß sie, was sie versprochen, auch respektiere. Wanda darf tun und lassen, was sie will; meine Schwester Pauline darf es nicht. Die muß halten, wozu sie sich verpflichtet; und ich darf Ihnen versichern, es *wird* gehalten.“

„Und in das alles hat sich Ihre Schwester hinein-
gefunden? Vielleicht sogar mit Leichtigkeit?"

„Doch nicht leicht. Eher schwer. Aber, die Wahrheit zu gestehen, nicht schwer von Tugend wegen
(davon will sie nichts wissen), sondern nur deshalb,
weil ihr von Natur an einem Leben nichts liegt,
wie sie's zu führen gezwungen ist. Meine Schwester
ist arbeitsam und ordentlich und ganz ohne Passion.
Wenigstens hat sie mir das hundertmal versichert."

„Und aufrichtig?"

„Wer sieht ins Herz? Aber ich glaube: ganz aufrichtig. Und wenn Sie meine Schwester so gut kenn-
ten wie ich, so würden Sie's auch glauben."

„Und doch sagte sie mir, als ich vorgestern nach
Olga fragte: ,Danach dürfen Sie nicht fragen. Einen
Vater hat sie, das ist gewiß. Aber mehr kann ich
Ihnen nicht sagen.'"

Stine lächelte verlegen vor sich hin. Endlich aber
sagte sie: „Ja, in diesem Tone spricht sie gern, das
ist wahr; aber nicht aus schlechter Sitte, sondern aus
Übermut. Sie weiß, daß sie noch immer sehr hübsch
ist, und hat aus Eitelkeit und Gefallsucht, wovon
ich sie nicht freisprechen kann, eine uns beständig
quälende Lust, die Männer in Verwunderung zu
setzen, bloß um sie hinterher auszulachen. Ich kenne
sie besser, weil ich ihr Leben kenne. Sie war kaum
zwanzig, als Olga geboren wurde. Da hatte sie nun
das Kind — eine gewöhnliche Verführungsgeschichte,
womit ich Sie verschonen will; und weil man ihren
Anspruch mit einer hübschen Geldsumme zufrieden-
stellte, so war sie nun eine ,gute Partie' geworden
und verheiratete sich auch bald danach. Und wie
meist in solchen Fällen: mit einem kreuzbraven
Mann. Aber ich muß auch sagen, er kam ihr zu. Sie
war eine ganz vorzügliche Frau. Nicht das geringste
konnt ihr nachgesagt werden; und als der Mann

krank wurde, hat sie ihn mit allem, was sie hatte, treu bis zum Tode gepflegt. Freilich, als er dann in seinem Grabe lag, war auch der letzte Notgroschen hin, und Ihr Herr Onkel, der in demselben Hause wohnte, nahm sich ihrer an. Und da kam es dann — nun, Sie wissen wie. Das geht jetzt ins dritte Jahr, und sie wünscht es sich nicht anders, trotzdem sie klagt und wettert, übrigens ohne sich viel dabei zu denken. Sie nimmt ihr gegenwärtig Leben als einen Dienst, drin sich Gutes und Schlimmes die Waage hält; aber des Guten ist doch mehr, weil sie keine Sorge hat um das tägliche Brot. Und nun bitt ich Sie, wenn Sie sie wiedersehen, so sehen Sie sich ihr Tun und Treiben auf meine Worte hin an, und Sie werden finden, daß ich nicht zuviel gesagt habe."

„Und was fordert sie von Ihnen?"

„Fordert? Nichts. Sie liebt mich und ist seelensgut zu mir und freut sich, daß ich auf mich halte, und ermutigt mich darin. ‚Es ist immer das klügste so', das sind ihre Worte. Würd es aber anders kommen, so wär es nicht viel, und sie würde nur sagen: ‚Ich weiß wohl, Stine, das Richtige läßt sich nicht immer tun.' Ja, sie sieht das, was sie das Richtige nennt, für etwas Wünschenswertes an, aber nicht als etwas Notwendiges; sie gönnt es mir, nichts weiter."

Allmählich, während dies Gespräch geführt wurde, war die Sonne drüben niedergegangen, und nur ein letztes verblassendes Abendrot schimmerte noch zwischen dem Gezweige der Parkbäume. Stine hatte längst den Stickrahmen beiseite gestellt, und der junge Graf, der ihr jetzt gegenübersaß, sah in dem Fensterspiegel, wie die ganze Straße hinunter die Gaslaternen aufflammten. Er war so benommen davon, daß er eine Weile schwieg und dem eigentümlichen Straßenbilde zusah.

„Ich sehe", sagte Stine, „der Spiegel tut es Ihnen auch an. Ich weiß das schon; es ist immer dasselbe."

Der junge Graf nickte. Dann nahm er Stines Hand wie zum Abschied und sagte, während er sich rasch erhob: „Ich darf doch wiederkommen, Fräulein Stine?"

„Besser wäre es, Sie kämen nicht. Sie beunruhigen mich nur."

„Aber Sie verbieten es nicht, Sie sagen nicht nein?"

„Ich sage nicht nein, weil ich es nicht sagen darf. Meine Schwester würd es unklug finden, und ich weiß, daß ich ihr Rücksichten schuldig bin."

„So denn auf Wiedersehen, Fräulein Stine."

Stine gab ihm das Geleit bis auf den kleinen Korridor; dann aber rasch in ihre Stube zurückkehrend, trat sie ans offene Fenster und sog die frische Luft ein, die vom Park her herüberkam. Aber es blieb ihr bang ums Herz, und sie hatte das bestimmte Gefühl, daß ihr nur Schweres und Schmerzliches aus dieser Bekanntschaft erwachsen werde. „Warum hab ich nicht nein gesagt? Ich habe mich nun in seine Hand begeben ... Und doch, ich will nicht, will nicht. Ich hab es ihr auf dem Sterbebette schwören müssen. ‚Stine', sagte sie, ‚halte dich. Es kommt nichts dabei heraus. Du bist nicht so hübsch wie deine Schwester Pauline, das ist mir ein Trost. Ach, das Hübschsein ...' — Ich war noch ein halbes Kind damals; aber was ich ihr versprochen, ich will es halten!"

Im selben Augenblick, wo der junge Graf, von Stine geleitet, aus dem Zimmer in den Korridor trat, trat auch die Polzin von ihrem Horcheplatz wieder an den Klapptisch zurück, wo sich nun zwischen den beiden Eheleuten sofort ein kurzes, aber intimes Zwiegespräch entspann.

„Er ist eigentlich lange geblieben", sagte Polzin, während er sich wieder an den Webstuhl setzte. „Wie war es denn?"

„Gar nichts war es. Und wird auch nichts."

„I wo", sagte Polzin. „Es wird schon werden. Alles muß doch Zeit und Weile haben. Aber du denkst immer ..."

„Ach was, denken; ich denke gar nich. Ich sage bloß, wenn was werden soll, wird es gleich. Un wenn es nich gleich wird, wird es gar nich ... Ich kenne doch auch die Mannsleute."

„Ja, ja", sagte Polzin und griente, *die* kennst du."

„Höre, Polzin, komme mir nich so. Fange nich wieder alte Geschichten an."

„I, wie werd ich denn ... Ich meine ja bloß ..."

NEUNTES KAPITEL

Der junge Graf wiederholte seine Besuche. Während der ersten Woche kam er einen Tag um den andern, dann täglich; aber immer blieb er nur bis Spätnachmittag. Dann ging er wieder.

Einmal kam ausnahmsweise der Abend heran, und man öffnete die Fenster und sah hinaus. Die Schwere der Luft machte, daß das Straßentreiben unten anders als sonst auf die Sinne wirkte; die Lichter brannten trüber, und das Geläute der Pferdebahnglocke klang gedämpfter herauf. Über dem Parke drüben stand der Mond und warf seinen Schimmer auf einen frei zwischen den Bäumen stehenden Obelisken; die Nachtigallen schlugen, und die Linden blühten in aller Pracht.

Der junge Graf wies darauf hin und sagte: „Das

ist nun ein Park und heißt auch so. Aber ist es nicht eigentlich wie ein Kirchhof? Daß alles blüht, das hat der Kirchhof auch. Und der Obelisk sieht aus wie ein Grabstein."

„Und ist auch so was."

„Wie das? Ist da jemand begraben?"

„Nein, begraben nicht. Aber ein Denkmal ist es, das zur Erinnerung an die mit der ‚Amazone' Verunglückten errichtet wurde. Hundert oder mehr, und ich habe manchmal ihre Namen gelesen. Es ist rührend; lauter junge Leute."

„Ja", sagte der junge Graf, „ich entsinne mich, lauter junge Leute." Dann schwieg er wieder, und der Ton, in dem er gesprochen hatte, klang fast, wie wenn er sie mehr beneide als beklage.

Bald danach brach er auf, sichtlich bewegt von der Wendung, die das Gespräch genommen, und Stine sah, als er auf die Straße hinaustrat, daß er nicht, wie gewöhnlich, nach links hin auf die Bahnhofsbrücke zuschritt, sondern, quer über den Damm, nach dem eingegitterten Park. Da stand er nun an dem Gitter und beugte sich vor, und es war, als ob er die Namen, die der Obelisk trug, in dem Halblicht zu lesen versuche.

An diesem Tage hatte sein Besuch etwas länger gedauert; sonst blieb er nur bis Sonnenuntergang und hatte seine Freude daran, Stine bei der Arbeit zu sehen und dabei plaudern zu hören. Er nahm teil an allen Vorkommnissen; am liebsten aber war es ihm, wenn sie Geschichten aus ihrem Leben erzählte, von ihren Kinder- und Schultagen, von dem frühen Tod ihrer Mutter und von der Einsegnung, die kurz nachher gewesen, und wie die Leute im Hause gesammelt hätten, um ihr das Einsegnungskleid schenken zu können. Und wie sie dann in demselben Jahre noch in das große Woll- und Stikkereigeschäft eingetreten sei — dasselbe, für das sie jetzt noch arbeite; meistens zu Haus, aber mitunter auch im Geschäft selbst — und wie sie da lebten und Freundschaften schlössen und in der Weihnachtswoche bis in die halbe Nacht beisammensäßen und der Reihe nach eine immer vorlesen müsse. Das sei nicht bloß gestattet, das sei sogar gewünscht; denn der Herr des Geschäfts sei klug und gütig und wisse, was es wert sei, die, die arbeiten müßten, bei Lust und Liebe zu halten. Und so käme es auch, daß sie keinen Wechsel im Personal hätten, oder doch nur sehr selten, und alle gern blieben, es sei denn, daß sie sich verheirateten. Überhaupt müsse sie sagen, es würde so viel von Aussaugen und Quälen und von Bedrückung gesprochen, aber nach ihrer eigenen Erfahrung könne sie dem durchaus nicht zustimmen. Im Gegenteil. Im Winter hätten sie Maskenball und Theaterstücke; denn ihr Geschäftsherr, wie sie nur wiederholen könne, vergesse nie, daß ein armer Mensch auch mal aus dem Alltag heraus wolle. Das Schönste aber seien die Landpartien im Sommer. Da würden ein paar Kremser gemietet, und noch vor Tau und Tage ging es ins Freie hinaus, nach Schildhorn und Grunewald oder nach Tegel und dem Finkenkrug. Oder auch zu Wasser, was freilich, solange sie da sei, nur einmal gewesen, aber ihr auch ganz unvergeßlich geblieben sei. Da wär ein Dampfschiff gemietet worden, und die ganze Spree hinauf, an Treptow und Stralow und dann an Schloß Köpenick und Grünau vorüber, wären sie bis in die Einsamkeit gefahren, bis an eine Stelle, wo nur ein einziges Haus mit einem hohen Schilfdach dicht am Ufer gestanden habe. Da wären sie gelandet und hätten Reifen gespielt. Ihr aber sei das Herz so zum Zerspringen voll gewesen, daß sie nicht habe mitspielen können, wenigstens nicht gleich, weshalb sie sich unter eine neben dem Hause stehende Buche gesetzt und durch die herabhängenden Zweige wohl eine Stunde lang auf den Fluß und eine drüben ganz in Ampfer und Ranunkeln stehende Wiese geblickt habe, mit einem schwarzen Waldstreifen dahinter. Und es sei so still und einsam gewesen, wie sie gar nicht gedacht, daß Gottes Erde sein könne. Nur ein Fisch sei mitunter aufgesprungen und ein Reiher über die Wasserfläche hingeflogen. Und als sie sich satt gesehen an der Einsamkeit, habe sie die andern wieder aufgesucht und mit ihnen gespielt; und sie höre noch das Lachen und sähe noch, wie die Reifen in der Sonne geblitzt hätten.

Der junge Graf hörte nichts lieber als dergleichen Erzählungen, und so glücklich ihn jedes Wort stimmte, so lehrreich war es ihm auch. Er war in der Vorstellung herangewachsen, daß die große Stadt ein Babel sei, darin die Volksvergnügungen, wenn nicht mit Sittenlosigkeit und Roheit, so doch mit Lärm und Gejohle ziemlich gleichbedeutend seien, und mußte nun aus Stines Munde hören, daß dies Babel eine Vorliebe für Lagern im Grünen, für Zeck und Anschlag habe. Dergleichen verfehlte denn auch nicht, seine Gedanken immer mehr einer ihm angeborenen, allen Standesvorurteilen abgewandten Richtung zuzuwenden, und wenn Stine mit solchen Schilderungen, ernsten und heiteren, ihn in die Gemütlichkeit hineingeplaudert hatte, wurd er zuletzt selber mitteilsam und sogar gesprächig und erzählte von seinem eigenen Leben: von dem Predigtamtskandidaten, bei dem er bis zum Überdruß Gesangbuchlieder und Bibelsprüche habe lernen müssen, weil es so das bequemste für den Lehrer gewesen, von seinen Vorbereitungen zum Examen, durch das er nur (denn er habe nie was gelernt) wie durch ein Wunder hindurchgekommen sei, und endlich, nach

seinem Eintritt ins Regiment, von seinen Avanta-
geur- und Fähnrichstagen. Das wäre seine beste Zeit
gewesen, seine einzig frohe, trotzdem es bei seinem
frommen und eisenfresserischen Kommandeur ein
für allemal festgestanden habe, „ein Fähnrich ist ein
Nichtsnutz". Und da mit einemmall hab es geheißen
„Krieg"; ein Jubel wäre losgebrochen, und drei
Tage später hab er schon eingepfercht in einem
Waggon gesessen, überglücklich, auch seinerseits aus
dem Garnisons-Einerlei heraus zu sein. Überglücklich. Aber freilich nicht auf lange. Denn wieder drei
Tage später, und er habe, aus dem Sattel geschossen,
dagelegen, und als einen Halbtoten hätten sie ihn
weggetragen. Und während seine Kameraden von
Sieg zu Sieg gezogen seien, hätt er sich in einem
Nest an der Grenze hingequält und nicht gewußt,
ob er leben oder sterben solle. Und die Natur hab es
auch nicht recht gewußt und habe sich nicht entschei-
den wollen. Aber zuletzt *habe* sie sich entschieden,
und er sei genesen. Oder doch halb. Ob zu seinem
Glück? er wisse es nicht. „Es ist doch das schönste,
wenn die Sonne niedergeht und ausruhen will von
ihrem Tagewerk."

Stine verstand ihn wohl und bat ihn, als er das
sagte, nicht so zu sprechen. Er müsse doppelt hoffen;
denn wer vom Tode gerettet sei, der lebe lange. So
sage das Sprichwort, und die Sprichwörter hätten
immer recht.

Er lächelte bei diesen Worten und lenkte dann
auch seinerseits wieder zu heiteren Dingen über.
Und bald danach trennte man sich in Herzlichkeit
und guter Laune.

ZEHNTES KAPITEL

Es war in der dritten Woche nach ihrer Bekanntschaft, ein Freitagabend, und der junge Graf hatte
noch keine zehn Minuten das Haus verlassen, als es
oben an der Flurtür klopfte. Das war das Zeichen
für die Polzin, die denn auch sofort erschien und
sich mit der Pittelkow begrüßte.

„War Besuch hier, liebe Polzin? Ich meine bei
Stine?"

„Kann ich wirklich nich sagen, liebe Frau Pittelkow. Sie wissen, wir sehen und hören nichts."

Es schien, daß sich die Polzin über dies ihr Lieb-
lingsthema noch weiter verbreiten wollte; Stine jedoch, die das draußen auf dem Flur geführte Gespräch gehört und die Stimme der Schwester erkannt
hatte, ließ es nicht dazu kommen. „Ei, das ist hübsch,
Pauline, daß du da bist." Und hiermit wandte sie
sich wieder in ihr Zimmer zurück, um, vorsichtig
umhersuchend, von einem schon im vollen Abend-
schatten stehenden Eckschrank die Lampe herunter-
zunehmen.

„Laß man, Stinechen", sagte die Schwester. „Es
ist so hübsch schmustrig hier, un das Schmustrige
hab ich nu mal am liebsten, un is immer wie'n altes
schwarzes Kreppschintuch, wo man sich gleich ein-
mummeln un anlehnen kann, un braucht nicht steif
un grade zu sitzen. Nein, laß man, Stine; wir haben
Licht genug von unten her. Sieh doch bloß, da kuckt
ja der Mond grad über Sieboldten seinen Schorn-
stein weg."

Unter solchem Geplauder hatte die Pittelkow auf
dem Sofa Platz genommen und sagte, während sie
sich behaglich in die Kissen drückte: „Ja, was ich
sagen wollte, Stine, das Grafchen war eben wieder
hier?"

„Ja, Pauline."

„Jott, Kind, wie dir die Backen brennen."

„Ja, sie brennen mir. Aber ich weiß eigentlich nicht, warum. Es ist fast zum Ärgern; ich bin rot geworden und brauchte doch nicht."

„Ach, mein Stineken, werde du man rot; es is immer besser, mal zuviel als mal zuwenig. Aber was ich sagen wollte, das Grafchen . . . Es gefällt mir nich, daß er hier immer bei Dagesschluß die Treppe raufsteigt, grad als müßt er die Betglocke läuten."

„Er ist der beste Mensch von der Welt, Pauline. Nie hätt ich geglaubt, daß es einen so guten Menschen gäbe. Den ersten Tag hatte ich eine Aussprache mit ihm und redete von Anständigkeit und Auf-sich-Halten, und daß ich ein ordentliches Mädchen sei. Aber ich schäme mich jetzt fast, daß ich so was gesagt habe. Denn immer ängstlich sein ist auch nicht gut und zeigt bloß, daß man sich nicht recht traut und daß man schwächer ist, als man sein sollte."

Die Pittelkow lächelte vor sich hin und schien antworten zu wollen, aber Stine fuhr fort: „Ja, Pauline, der beste Mensch, ohne Falsch und ohne Hochmut, aber auch ohne Glück. Wenn er mir so gegenübersitzt, ist es mir oft, als ob wir die Rollen vertauscht hätten und als ob ich eine Prinzessin wär und könnt ihn glücklich machen. Er sieht mich dann immer an und hört auf jedes Wort, das ich spreche, nicht bloß zum Schein und aus Haberei, nein, solch dummes Ding bin ich nicht mehr, mir so was einzubilden, wenn es nicht wahr wäre. Nichts von bloß so tun; ich seh es ihm an, daß er wirklich dabei ist und daß ihn alles freut, was ich da so hinplaudere. Freilich, du wirst mich für eitel halten und es nicht glauben wollen."

„Oh, warum nich, Stine? Warum soll ich es nich

glauben? Ich glaub es alles. Aber alles hat auch seinen Grund, und sogar seinen guten Grund. Und ich kenn ihn auch."

„Und ich denke mir, ich kenn ihn auch und weiß, woran es liegt. Sieh, es liegt daran, er hat so wenig Menschen gesehen und noch weniger kennengelernt. In seiner Eltern Hause gab es nicht viel davon (sie sind alle stolz und hart, und seine Mutter ist seine Stiefmutter), und dann hat er Kameraden und Vorgesetzte gehabt und hat gehört, wie seine Kameraden und seine Vorgesetzten sprechen; aber wie Menschen sprechen, das hat er nicht gehört, das weiß er nicht recht. Ich denke mir das nicht aus, ich hab es von ihm, es sind seine eigenen Worte. Ja, Pauline, *daran* liegt es. *Das* ist der Grund, daß ich armes Ding ihm gefalle; nichts weiter. Er ist unglücklich in seinem Haus und seiner Familie. Vor allem aber denke nur nicht, er sei mein Anbeter oder Liebhaber, oder wie du's sonst noch nennen willst. Ich sehe wohl, daß er mich liebhat, aber das ist doch was andres, und das kann ich dir sagen: noch ist kein Wort über seine Lippen gekommen, dessen ich mich vor Gott und Menschen oder vor mir selber zu schämen hätte."

„Glaub es", sagte die Pittelkow. „Glaub es alles. Aber, meine liebe Stine, das ist es ja eben. Ich hab es mir so gedacht, gerade so. Gleich als ich ihn das erstemal sah, als die beiden Alten mit da waren und Wanda Holofernessen köppte, da wußt ich es. Sieh, Kind, es sind mir so viele Mannsleute zu Gesicht gekommen, und wenn ich welche sehe, na, so kenn ich sie gleich durch un durch un kann sie aussuchen wie Handschuh nach der Nummer, un weiß gleich, was los is. Un mit dem jungen Grafen is nich viel los. Er is man schwächlich, un die Schwächlichen sind immer so un richten mehr Schaden an als die Dollen."

Stine sah die Schwester an.

„Ja, du siehst mich an, Kind. Aber es is wahr un wahrhaftig so. Du denkst wunder, wie du mich beruhigst, wenn du sagst: ‚Es is keine Liebschaft.‘ Ach, meine liebe Stine, damit beruhigst du mich gar nich; konträr im Gegenteil. Liebschaft, Liebschaft. Jott, Liebschaft is lange nicht das schlimmste. Heut is sie noch, un morgen is sie nich mehr, un er geht *da*hin, und sie geht *da*hin, un den dritten Tag singen sie wieder alle beide: ‚Geh du nur hin, ich hab mein Teil.‘ Ach, Stine, Liebschaft! Glaube mir, daran stirbt keiner, un auch nich mal, wenn’s schlimm geht. Was is denn groß? Na, dann läuft ne Olga mehr in der Welt rum, un in vierzehn Tagen kräht nich Huhn nich Hahn mehr danach. Nein, nein, Stine, Liebschaft is nich viel, Liebschaft is eigentlich gar nichts. Aber wenn’s hier sitzt“ (und sie wies aufs Herz) „dann wird es was, dann wird es eklig.“

Stine lächelte.

„Du lachst, und ich weiß auch warum. Du lachst, weil du denkst, Pauline weiß nichts davon und kann auch nichts davon wissen; denn es hat ihr nie *hier* gesessen. Un das hat auch seine Richtigkeit damit. Ich bin noch so drum rumgekommen. Aber, meine liebe Stine, man erlebt nicht bloß an sich selbst, man erlebt auch an andern. Un ich sage dir, von so was, wie du mit dem Grafen vorhast oder der Graf mit dir, von so was is noch nie was Gutes gekommen. Es hat nu mal jeder seinen Platz, un daran kannst *du* nichts ändern, un daran kann auch das Grafchen nichts ändern. Ich puste was auf die Grafen, alt oder jung, das weißt du, hast es ja oft genug gesehen. Aber ich kann so lange pusten wie ich will, ich puste sie doch nich weg, un den Unterschied auch nich; sie sind nun mal da und sind, wie sie sind, und sind anders aufgepäppelt wie wir und können aus ihrer

58

Haut nicht raus. Un wenn einer mal raus will, so leiden es die andern nich und ruhen nich eher, als bis er wieder drin steckt. Un denn kannst du hier so lang in die Sonne gucken, bis sie morgens bei Polzins oder bei der Frau Privatsekretär wieder rauskommt, er kommt doch nich, *er* sitzt erster Klasse mit Plüsch un hat noch ein Luftkissen bei sich, und *sie* hat nen blauen Schleier an'n Hut, und so geht es heidi! nach Italien. Un das is denn, was sie Hochzeitsreise nennen."

„Ach, Pauline, so kommt es nich."

„Ja, so kommt es, mein armes Stineken. Un wenn es nich so kommt, na, denn kommt es noch schlimmer; denn is er ein Eigensinn un will partout mit'n Kopp durch die Wand, un hast du denn den Kladderadatsch erst recht. Glaube mir, Kind, von ne unglückliche Liebe kann sich einer noch wieder erholen un ganz gut rausmausern, aber von's unglückliche Leben nich."

ELFTES KAPITEL

Baron Papageno (niemanden über sich) wohnte von alter Zeit her drei Treppen hoch, teils weil er das seiner Meinung nach erst in etwa Dachhöhe beginnende Ozon auch in seiner Berliner Abschwächung nicht missen wollte, teils weil er einen Widerwillen hatte, bei jeder über ihm stattfindenden Mahlzeit ein halbes Dutzend Menschen und Stühle herumpoltern zu hören. Namentlich war ihm das Hin- und Herschrammen in den Tod verhaßt, das seiner in früheren Wohnungen gemachten Erfahrung nach überall da blühte, wo Kinder mit zu Tische saßen, Kinder, die noch nicht alt genug waren, ihren Stuhl manierlich heranzustellen und sich deshalb aushilfeweise zum Schieben gezwungen sahen. Neben dem Griffelgequietsch auf Schiefertafeln gab es nichts, was ihn so nervös gemacht hätte wie solche Stuhl- und Rutschfahrten ihm zu Häupten.

Aber freilich, seine der gesamten Wohnungsfrage geltenden Sorglichkeiten beschränkten sich nicht auf Luftschicht und Hausruhe, sondern zeigten sich beinahe mehr noch in dem Raffinement, mit dem er bei der Wahl der Stadtgegend verfahren war und Zietenplatz- und Mohrenstraße-Ecke gewählt hatte. Wie sich denken läßt, hielt er diese seine Kastellecke für nicht mehr und nicht weniger als den schönsten Punkt der Stadt und lag darüber mit dem alten Grafen in einer beständigen Fehde. Dieser seinerseits zog die Behrenstraße weit vor, unterlag aber bei den sich darüber entspinnenden Streitigkeiten jedesmal, weil er in der üblen Lage war, mit bloßen legitimistischen Sentiments gegen Tatsachen fechten zu müssen. „Ich bitte Sie, Graf", sagte dann Papageno mit einer von vornherein überlegenen Miene, „was haben Sie, Hand aufs Herz, in der Behrenstraße? Sie sehen nun schon sieben Jahre lang in das Portal der kleinen Mauerstraße hinein, ohne je was anderes herauskommen zu sehen als eine Kutsche mit einer alten Prinzessin oder einer noch älteren Hofdame. Das ist mir aber, offen gestanden, trotzdem die Kutschen zu sind, als Point de vue nicht anziehend genug. Und nun vergleichen Sie damit meine Mohrenstraße-Ecke. Sag ich zuviel, wenn ich behaupte, daß mir, von meinem Ausguck aus, ganz Berlin, soweit es mitspricht, zu Füßen liegt? Was ich jeden Morgen zuerst zu begrüßen in der Lage bin, ist der alte Zieten auf seinem Postament. Als er noch weiß war, war er mir freilich noch lieber, und wenn ich ihn damals so marmorblank in der Morgensonne dastehen und leuchten sah, dacht ich mitunter, er

60

werde reden wie der selige Memnon aus seiner Säule. Nun, das hat er schon damals unterlassen, und seitdem er erz- und olivenfarben geworden ist, ist es vollends damit vorbei — die besseren Tage liegen ihm und anderen zurück. Aber besser oder nicht, der alte Zieten ist überhaupt nur Vorposten an dieser Stelle, hinter dem ich, die Menge muß es bringen, an jedem neuen Tage nach links hin die Gamaschen des alten Dessauers und nach rechts hin die Fahnenspitze des alten Schwerin blinken sehe. Vielleicht ist es auch sein Degen. Und en arrière meiner Generäle türmen sich die Ministerien auf, und Pleß und Borsig, und wenn ich mich noch weiter vorbeuge, seh ich sogar das Gitter von Radziwill, jetzt Bismarck, und durchdringe mich mit dem patriotischen Hochgefühle: *hier* Preußen unter dem Alten Fritzen, *dort* Preußen unter dem eisernen Kanzler."

So liebte Baron Papageno zu perorieren und schloß dann in der Regel mit Zitaten aus der ersten Strophe des „Ring des Polykrates", womit sich seine Kenntnis der Ballade, wie bei vielen andern, erschöpfte.

Der Baron lag auch heute wieder im Fenster, aber nicht nach dem Zietenplatze, sondern nach der Mohrenstraße hinaus, und beobachtete die Sperlinge, die gerad gegenüber in der Dachrinne saßen und sich unter beständigem Gepiep und Gehupf, dem dann ein abschüttelndes Flügelschlagen folgte, den Extravaganzen eines geordneten oder vielleicht auch ungeordneten Familienlebens hingaben. Er sann eben darüber nach, ob er sich nicht aus moral-pädagogischen Gründen ein kleines Pustrohr anschaffen und durch Hinüberschießen kleiner Lehmkugeln etwas mehr Askese heranbilden solle, als er draußen auf dem Flur die Klingel gehen hörte. Seine Wirtin mußte, der Tagesstunde nach, eigentlich noch zu Hause sein, und so hielt er vorläufig ruhig auf seinem Beobachtungsposten aus, bis das mehrfach wiederholte Klingeln ihn veranlaßte, nachzusehen, was es sei.

Baron Papageno hatte draußen den Postboten erwartet und war nicht wenig überrascht, statt seiner den jungen Grafen vor sich zu sehen. „Ah, Waldemar! Herzlich willkommen. Wie Zeit und Jugend sich ändern! Ich schlief immer noch um elf, und *Sie* sind schon auf und gestiefelt und gespornt und machen Ihre Visiten. Aber bitte, geben Sie mir Ihren Überzieher. Oder wenn Sie meine Dienste verschmähen, auch gut; auch das alte ‚Selbst ist der Mann‘ hat seine Vorzüge. Hier an diesen Riegel, wenn ich bitten darf. Und nun lassen Sie mich vorangehen und den Führer machen . . . Soll ich das Fenster schließen?“

„Ich denke“, sagte der junge Graf, „wir lassen es, wie's ist.“

„Gut. Oder vielmehr desto besser. Nichts über frische Luft. Ich war eben naturhistorischen Betrachtungen hingegeben, und zwar dem Liebesleben einer Sperlingsfamilie drüben in der Dachrinne. Nichts interessanter als solche Betrachtungen. Und warum? Weil wir ihnen entnehmen dürfen, daß auch das tierweltlich Intrikateste seine Parallelstellen in unsrem eigenen Leben findet. Glauben Sie mir, Waldemar, nichts falscher als die Vorstellung, daß es mit der Gattung homo was ganz Besonderes sei.“

Der junge Graf nickte zustimmend. Der alte Baron aber, ohne sich im geringsten um Anzweiflung oder Zustimmung zu kümmern, fuhr in dem ihm eigenen jovialen Tone fort: „Sehen Sie, Waldemar, die Sperlinge. Meine Passion! Jedes Alter hat seine Passionen, und die Sperlinge repräsentieren am Ende nicht die schlimmste. Hübsch freilich sind meine Freunde drüben nicht und auch nicht wählerisch,

eigentlich in nichts; im Gegenteil, immer frère co-
chon, aber auch immer amüsant, und das ist für mich
das Entscheidende. Denn die meisten Tiere — wie-
derum ganz nach höherer Analogie — sind herzlich
langweilig, darunter selbst solche, die für bevorzugt
gelten, und fast möcht ich sagen, den Vortritt haben.
Nehmen Sie beispielsweise den Hahn. Er denkt sich
wunder was und ist doch eigentlich nur ein Geck.
Außer dem Amte, das ihm obliegt, und über das ich
in so früher Stunde nicht gern sprechen möchte, was
tut er sonst noch, das der Rede wert wäre? Nichts.
Er hält sommers von drei Uhr ab seine Dienststun-
den. Aber das ist mir zu wenig. Und nun vergleichen
Sie damit den Sperling. Immer guter Laune, gesprächig, fidel. Überall guckt er rein, alles will er wissen,
alles will er haben — die reinen Preußen in der Weltgeschichte der Vögel ... Aber ich verschwatze mich,
die Sperlinge sind nun mal mein Steckenpferd, ein
etwas sonderbares Bild. Und nun nehmen Sie Platz,
wenn ich bitten darf ... Zigaretten? Oder einen
Morgenkognak?"

Und er fuhr im Zimmer hin und her, um zunächst
ein Kistchen Zigaretten und dann Aschbecher und
Feuerzeug vor den jungen Grafen hinzustellen. Als
er aber endlich damit zur Ruhe war, nahm er selber
Platz und blickte mit seinen freundlich-grauen
Augen, die pfiffig und unbedeutend in die Welt hin-
einsahen, seinen Besucher an.

„Ich komme", begann dieser, „in einer etwas dif-
fizilen Angelegenheit ..."

„Also Geldsache", warf Papageno dazwischen
und versuchte zu lachen. Denn seine Finanzlage war
nicht die beste.

„Nein, nicht das, lieber Baron. Es handelt sich
vielmehr um eine Herzens- und Standessache. Rund
heraus, ich habe vor, mich zu verheiraten."

„Ah, charmant. Eine Hochzeit. Wahrhaftig, ich wüßte nicht, lieber Waldemar, was Sie mir Lieberes sagen könnten. *Ich* habe es verpaßt und stecke nun in meinen Junggesellenpantoffeln. Aber wenn ich höre, daß ein anderer es wagen will, da faßt mich immer ein heftiger Neid, und ich höre nichts als Orgel und Tanzmusik und sehe nichts als Buketts und kleine, weiße Atlasschuhe. Die sind auch eine Passion von mir, beinah noch mehr als die Sperlinge. Und aus allen Backöfen werden dann Kuchen gezogen, und abends steigen Raketen aus dem Park in den schwarzblauen Himmel auf, und im Kruge, was immer das Interessanteste bleibt, gibt es nichts als Friesröcke, Brustlatz und Zwickelstrümpfe."

„Meine Hochzeit, lieber Baron, wenn sie überhaupt stattfindet, wird mutmaßlich einfacher verlaufen. Ich habe nicht unter den Komtessen des Landes gewählt und bin, von unserm Standpunkt aus angesehn, eine gute Stufe herabgestiegen . . ."

„Auch *das* hat seine Vorzüge. Junge Bourgeoise?"

„Nein, Baron, Sie müssen noch eine Stufe tiefer. Ich habe vor, die Zustimmung des Mädchens vorausgesetzt, mich mit der Schwester der Pittelkow zu verloben, mit Stine."

Der Baron war aufgesprungen. Er faßte sich aber schnell wieder und sagte, während er sich setzte: „Sie werden Ihre Gründe gehabt haben. Außerdem weiß ich aus hundert Erlebnissen, um nicht zu sagen aus eigener Erfahrung, welche Launen Gott Amor hat und in welchen Sprüngen und Abweichungen er sich gefällt. Man kann beinahe sagen, er hat eine Vorliebe für den Ausnahmefall. Aber Ihr Onkel? Ihre Familie?"

„Das eben ist es, Baron, weshalb ich zu Ihnen komme. Daß meine Familie niemals zustimmen wird, ist mir gewiß; auch liegt es mir fern, nur den

Versuch dazu machen zu wollen. Ich respektiere die herrschenden Anschauungen. Aber man kann in die Lage kommen, sich in tatsächlichen Widerstreit zu dem zu setzen, was man selber als durchaus gültig anerkennt. Das ist meine Lage. Meine Familie kann den Schritt nie gutheißen, den ich vorhabe, braucht es nicht, soll es nicht; aber sie kann ihn gelten lassen, ihn verzeihn. Und diese Verzeihung möcht ich haben, nichts weiter. Ich will keine guten Worte hören, aber, wenn's sein kann, auch keine bösen. Es genügt mir, einer gewissen Teilnahme sicher zu sein, in der sich dann, aufs letzte hin angesehen, doch immer noch ein Rest von Liebe birgt. Und mir diese Teilnahme zu gewinnen, dazu bedarf ich eines Anwaltes. Glauben Sie, daß mein Onkel geneigt sein könnte, dieser Anwalt zu sein? Sie kennen ihn besser als ich. Er gilt für stolz bis zum Hochfahrenden; andrerseits hab ich ihn in Situationen gesehen, die die Kehrseite davon waren. Sie wissen, Baron, welche Situationen ich meine. Und nun sagen Sie mir, was hab ich von dem Onkel zu gewärtigen? Sind Sie der Meinung, daß ich einer heftigen Szene voller Unliebsamkeiten und vielleicht voller Beleidigungen entgegengehe, so verzichte ich von vornherein auf den Versuch, ihn zu meinem Fürsprecher bei meinen Eltern machen zu wollen."

Der Baron sah vor sich hin und wirbelte an seinem grauen, etwas mausrigen Schnurrbart. Endlich, als er einsah, daß er wohl oder übel sprechen müsse, warf er sich in den Schaukelstuhl zurück und sagte, während er jetzt ebenso nach der Zimmerdecke hinauf wie vorher zur Erde nieder starrte: „Lieber Haldern, wer rät, gerät leicht mit hinein. Und ich gerate nicht gern mit hinein; in nichts. Aber Sie wollen meine Meinung, und so muß ich sie geben und meine Vorsicht opfern. Nun denn, es scheint mir unerläßlich, daß Sie mit Ihrem Onkel sprechen."

„Ich freue mich dieser Bestätigung meiner eignen Ansicht."

„Sie müssen mit ihm sprechen, sag ich, auf alle Fälle, trotzdem ich weiß, daß er ein absolut unberechenbarer Herr ist und sich aus lauter Widersprüchen zusammensetzt oder doch aus Eigenschaften, die danach aussehn. Er steckt, und insoweit liegt die Sache zunächst nicht allzu günstig für Sie, bis über die Ohren in Dünkel und Standesvorurteilen, und doch ist ebensogut möglich, daß er Sie küßt und umarmt und sich vorweg zu Gevatter lädt. Auf Ehr."

Waldemar lächelte vor sich hin, aber es war ein Lächeln, das mehr Zweifel als Zustimmung ausdrückte.

„Ja, Waldemar. Sie lächeln. Und wenn ich Ihren Onkel nach seiner Alltags- und Durchschnittslaune beurteile, so kann ich nur sagen, Sie haben ein Recht, zu lächeln. Aber, um es zu wiederholen, er ist auch einer völlig entgegengesetzten Auffassung fähig, und ich hab ihn im Klub und auch sonstwo Dinge sagen hören, daß mir das Blut in den Adern starrte."

„Und in Fragen wie diese?"

„Wie Sie sagen; just in Fragen wie diese. War es vor oder nach dem Kriege, gleichviel, aber es sind noch keine zehn Jahre, daß sich der jüngste Schwilow mit der Duperré verlobte, Balletteuse comme il faut. Sie werden sich ihrer erinnern und damals von der Sache gehört haben. Nun, Waldemar, wenn ich sage, die Duperré hatte, was Ruf angeht, einen Knax, so sagt das eigentlich gar nichts, denn sie war *ein* Knax vom Wirbel bis zur Zeh (die Zeh selbst war natürlich ihr Bestes), und alle Welt war außer sich und der Klub ballottierte den armen Schwilow, den sie damals Schmilow und ich weiß nicht wie sonst noch nannten, heraus. Lauter schwarze Kugeln. Was aber tat Ihr Herr Onkel? Er gab ihm mit Ostentation eine weiße Kugel. Und als ich ihn auf dem Heimwege nach dem Warum fragte, blieb er vor der Rampe von Prinz Georg stehn, unten wo die Bohlenbretter liegen oder wenigstens damals noch lagen, und perorierte so laut in die Behrenstraße hinein, daß die Schildwache bis an das Eisengitter der Rampe herantrat und hinuntersah, um zu sehn, was es denn eigentlich gäbe. Und was war es, das er sagte? Das wäre der erste vernünftige Schritt, den das Haus Schwilow seit fünfhundert Jahren getan. Einer wäre beim Kremmer-Damm, in der sogenannten ,ersten Hohenzollernschlacht' für die neukreierte Nürnbergerei gefallen, was grad auch nicht das gescheiteste gewesen sei, seitdem aber schweige die Geschichte von ihnen, was ein wahres Glück sei, sie würde sonst nur von Imbeciles und im günstigsten Fall von allerlei Durchschnittsware zu berichten gehabt haben, von öden Mittelmäßigkeiten, die sich mit den umwohnenden Ihlows (die gerade so wie die Schwilows waren) in einem fort versippten und verschwägerten und sich unausgesetzt der Aufgabe hingaben, die sechzehn Ahnen, die sie schon zu Albrecht des Bären Zeiten hatten, auf zweiunddreißig, vierundsechzig und hundertachtundzwanzig zu bringen. Was ihnen denn auch, wie nicht erst versichert zu werden brauche, längst geglückt sei. Denn schon beim Regierungsantritt des Großen Kurfürsten hätten sie die Zahl voll gehabt. Und in derselben riesigen Proportion, wie die Ahnenreihe, sei auch die Stultitia gewachsen, die einzig historisch beglaubigte Ahnfrau des Geschlechts. ,Und nun passen Sie auf, Papageno' (so schloß er) ,wir erleben es freilich nicht mehr und können es nur von einem andern Stern aus — vielleicht von der Venus, was mir das liebste wäre — beobachten, aber das sag ich Ihnen, diese Balletteuse bringt die ganze Sippe wieder auf die Beine, der ganze Stammbaum, der gerade deshalb für uns und die Menschheit so dürr ist, weil er für sich selbst so wunderbar grünt und blüht, kriegt wieder ein andres Ansehn, und wo bis jetzt immer nur Landrat oder Deichhauptmann stand, stehen, von Anno 1900 an, junge Genies, Feldherren und Staatsmänner, und irgendein Skribifax schreibt ein dickes Buch und beweist durch Grabschriften und Taufscheine, daß die Duperré die Tochter oder Enkelin des Admirals Graf Duperré gewesen sei, desselben prächtigen alten Duperré, der 1830 Algier bombardierte, den Dey von Tunis gefangennahm und fast so vornehm war wie die Montmorencys oder die Lusignans. Glauben Sie mir, Baron, ich kenne Familien und Familiengeschichten, und, mein Wort zum Pfande, wo das alte Blut nicht aufgefrischt wird, da kann sich die ganze Sippe begraben lassen. Und behufs Auffrischung gibt es nur zwei legitime Mittel: Illegitimitäten oder Mesalliancen. Und, sittenstrenger Mann, der ich bin, bin ich natürlich für Mesalliancen.'"

Waldemar sah vor sich hin. Dann nahm er das Wort und sagte: „Wohl, ich könnte mir einen Trost und eine Hoffnung daraus nehmen und eine freundliche Aufnahme beim Onkel wenigstens als eine Möglichkeit gewärtigen. Aber muß ich Sie, lieber Baron, an den alten, unserm gesamten Adel so geläufig gewordenen Satz erinnern: ‚Ja, Bauer, *das* ist was andres.'? Immer der andre, der andre. Was für die Schwilows gilt, gilt darum noch nicht für die Halderns. Dem ‚andern', so denkt jeder einzelne, darf alles passieren, aber nicht ihm selbst. Es ist eine merkwürdige Erscheinung, mit welcher Gleichgültigkeit alte Familien sich gegenseitig beurteilen, und welches Arsenal von Spott verschossen wird, die sich gleichdünkenden und mitbewerbenden Mächte zu ridikülisieren. Aber dieser Spott, ich muß es noch einmal sagen, ist immer nur für den ‚andern‘ da. Was kümmern meinen Oheim die Schwilows? Je mehr Balletteusen, desto besser; denn mit jeder neuen Balletteuse hat er nicht bloß einen neuen Stoff für die Klubmedisance, sondern auch eine beständig erneute Veranlassung, sich mit immer wachsendem Stolze des ungeheuren Unterschiedes zwischen den verduperréten Schwilows und den oberpriesterhaft rein gebliebenen Sarastro-Haldern bewußt zu werden. Das zieht sich durch alle Adelsgeschichten, wiederholt sich bei jeder Familie: je freier in der Theorie, desto befangener in der Praxis, desto enger und ängstlicher in der Anwendung auf das eigne Ich."

„Es ist, wie Sie sagen, Waldemar, und ich mag mich nicht verbürgen, daß es mit Ihrem Onkel anders steht. Aber steh es mit ihm, wie's wolle, Sie müssen ihm unter allen Umständen das Wort gönnen. Es bleibt doch immer die Möglichkeit seiner Zustimmung; und versagt er sie, nun, so war es am Ende bloß der Onkel, bloß eine halbe Respektsperson, der man, wenn es zu toll kommt, den Respekt auch kündigen kann. Und da liegt der Unterschied zwischen Onkel und Vater. Einem Vater gegenüber, und wenn er einem das Furchtbarste sagt, muß man sich ruhig verhalten und sich das Furchtbarste gefallen lassen, das verlangt so das vierte Gebot. Aber das vierte Gebot schneidet scharf ab und versteigt sich, soweit mir bekannt ist, nirgends zu dem Zusatzparagraphen: ‚Du sollst Onkel und Tante ehren.‘ Und das ist ein wahres Glück. Gott,

Tante! Ich hatte auch mal eine, eine merkwürdige Frau, die Gott weiß was von mir verlangte, nur nicht das eine, daß ich sie ehren sollte. Beinahe das Gegenteil. Nein. Onkel und Tante sind hors de concours. Einem Onkel gegenüber kann man sich seiner Haut wehren; einem Onkel kann man antworten und widersprechen und steht schlimmstenfalls Mann gegen Mann, und wär es mit dem Pistol in der Hand. Also nur vorwärts, Waldemar, vorwärts."

Der junge Graf erhob sich; der Baron aber wollte von Aufbruch noch nichts wissen und drückte seinen Gast leise wieder in das Sofa zurück. „Ich bitte Sie, Waldemar, Sie werden doch nicht gehn, ohne meinen Lafitte gekostet zu haben. Ich weiß, Sie machen sich nichts draus, unter allen Umständen ist Ihnen die Stunde zu früh; aber ich lasse Sie nicht los, und wenn Sie nicht trinken wollen, nun, so nippen Sie wenigstens. Anstoßen müssen wir doch, um dem Geschäftlichen einen ungeschäftlichen und, wenn's sein kann, einen gemütlichen Abschluß zu geben."

Während er noch so sprach, war er an einen Wandschrank getreten, der in seinem untersten Fach zugleich sein Weinkeller war, und kam mit zwei Gläsern und einer Flasche zurück. An der Art, wie er den Kork zog, erkannte man den Frühstücker von Fach, und nun goß er ein und stieß an. „Hören Sie, wie das klingt. So harmonisch soll alles klingen. Ja, harmonisch, das ist das rechte Wort. Und nun Ihr Wohl, Waldemar. Ich halte Sie nicht mehr lange fest, aber doch fünf Minuten noch. Ich muß Ihnen nämlich eine Liebeserklärung machen, die Sie mir zugute halten wollen. Einem solchen ‚vieux‘, wie ich, muß man was zugute halten. Sehen Sie, Sie haben ein so gutes Gesicht, ein bißchen schwermütig, aber das tut nichts, das gibt einen Charme mehr, und ich wollte mein Leben darauf verwetten, daß

Sie keinem Menschen je was zuleide getan haben. Ich schloß Sie gleich in mein Herz, gleich den ersten Abend ... Und nun bring ich noch eine Gesundheit aus, aber ohne Namen. Wozu sollt ich ihn auch nennen? Er steht ohnehin in Ihrem Herzen ... Und sehen Sie, Sie sind mir seitdem noch lieber geworden. Im ersten Augenblick bekam ich einen Schreck, ich kann es nicht leugnen, und als ich nun gar noch einen Rat geben sollte, ja, das war mir ein bißchen zuviel. Aber das Diplomatische, das Offizielle, das liegt nun hinter uns, und ich kann nun sprechen, wie mir der Schnabel gewachsen ist. Und da will ich Ihnen denn aufrichtig sagen, aber nur so ganz unter uns, Sie brauchen sich nicht auf mich zu berufen, ich freue mich immer, wenn einer die Courage hat, den ganzen Krimskrams zu durchbrechen. Es gilt auch von dieser Ebenbürtigkeitsregel, was von jeder Regel gilt, sie dauert so lange, bis der Ausnahmefall eintritt. Und Gott sei Dank, daß es Ausnahmefälle gibt. Es lebe der Ausnahmefall. Es lebe ... Noch ein halbes Glas, Waldemar. Und was ich Ihnen zum Abschiede noch sagen wollte, ja, sagen muß: der jüngste Schwilow, von dem ich Ihnen vorhin erzählte, hatte recht, und Ihr Onkel hatte zweimal recht, und die Gesellschaft beruhigte sich über die Duperré. Noch kein Vierteljahr, daß ich die jetzige Baronin Schwilow auf Tzschachtschow, etwas schwer auszusprechen, im Französischen Theater traf, wo die Subra die Freifrau spielte. Sie sah reizend aus, ich meine die Schwilow (die Subra natürlich auch), und als sie im Zwischenakt das Köpfchen warf und dabei die Brillanten im Ohrläppchen hin und her läuteten, da läutete sie zugleich die ganze vornehme Gesellschaft zusammen. Und wissen Sie, wer ihr am meisten den Hof machte? Natürlich der Herr Onkel, der aussah, als ob er selber geneigt sei, das von ihm prognostizierte dicke Buch von der gräflichen Admiralstochter zu schreiben. Ja, ja, Waldemar, Erfolg und Mut. Oder beginnen wir mit dem Mut. Am Mute hängt der Erfolg. Und nun Gott befohlen."

Waldemar hatte sich inzwischen erhoben und seinen Hut genommen. Er dankte dem Baron und bat ihn, wenn ein ernsteres Zerwürfnis eintreten sollte, seinen Besuch wiederholen zu dürfen.

ZWÖLFTES KAPITEL

Waldemar, als er bei Baron Papageno vorsprach, hatte die Meinung des Barons in einer ihm wichtigen Angelegenheit hören, im übrigen aber in ebendieser Sache sich durchaus nicht beeilen wollen. Umgekehrt, ein seiner Natur entsprechendes Abwarten und Hinausschieben, und wenn auch nur auf ein paar Tage, war auch diesmal sein Plan gewesen, und erst der ermutigende Ton, in dem der Baron gesprochen hatte, hatte den Gedanken in ihm angeregt, den Besuch beim Onkel, in Ausnutzung der guten Stimmung, in der er sich befand, auf der Stelle machen zu wollen. So bog er denn vom Zietenplatz her in die Mauerstraße ein, sah, als er das Königsmarcksche Palais passierte, zu der zweiten Etage, hinter deren kleinen Fenstern er mit einem vor Jahr und Tag dort wohnenden Freunde manche glückliche Stunde verplaudert hatte, hinauf und stand nach einer abermaligen Straßenbiegung vor dem altmodischen, im übrigen aber gut und sauber gehaltenen Hause, dessen oberes Stockwerk der Onkel seit einer Reihe von Jahren innehatte. Portiersleute fehlten, statt ihrer aber war ein ganzes System von Gittertüren da, das, wenn man unten — oder, was dasselbe sagen wollte, vor einem mit allerhand unleserlichen Blechschilden reich ausgestatteten Parterreverhau — klingelte, mitunter wie durch einen rätselhaften Federdruck in seiner Gesamtheit aufsprang, mitunter aber auch *nicht*, in welch letzterem Falle die nun von Etage zu Etage nötig werdende Einzelklingelei gar kein Ende nahm und bei jedem neuen Gitter zu dem Erscheinen eulenartiger alter Köchinnen führte, deren Examinationsverfahren um so peinlicher und eindringlicher war, als nur ihr Auge die Fragen stellte. Waldemar war zu lang und zu gut mit dieser altberlinischen Haus- und Treppeneinrichtung bekannt, um für gewöhnlich Anstoß daran zu nehmen; heute jedoch hatte dieses Absperrungssystem eine gewisse Bedeutung für ihn, und jede neu zu passierende Gittertür erschien ihm wie eine Mahnung, „es lieber nicht versuchen zu wollen". Der mitgebrachte gute Mut indes überwand alle Bedenklichkeiten und ließ ihn schließlich bei der dritten und letzten Gittertür ankommen, an der er von einem alten Muffel von Diener (natürlich vom Lande), dessen Umwandlung ins Herrschaftliche sich nur sehr unvollkommen vollzogen hatte, mit einigermaßen überraschlicher Freundlichkeit empfangen wurde. Der Herr Graf seien zu Hause und würden sich sehr freuen. „Er sitzt über die Kupferstiche" (so schloß er) „und wenn er *da* drüber her is, is er immer guter Laune."

Der Diener ging voran, um zu melden, und der Eindruck, den Waldemar gleich bei seinem Eintreten empfing, war der denkbar günstigste. Wenn schon immer eine gewisse, durch einen guten Geschmack in Einrichtung und Ausschmückung bedingte Behaglichkeit in dem Wohnzimmer des Onkels anzutreffen war, so war diese Behaglichkeit heute bis zur Gemütlichkeit gesteigert. Die Fenster standen auf, und von den „Linden" her klang die Musik eines auf Wache ziehenden Bataillons herüber. Aber das war nicht alles; einfallende Lichter blitzten an den Wänden hin und her, und auf einem großen und eleganten Ständer von Mahagoniholz, dessen Wände niedergeklappt waren, lag eine Kupferstichmappe, darin der alte Graf emsig und andächtig zu blättern schien. Er trug schottisch-karierte Pantalons, Samtrock und einen Fes mit Puschel, alles in allem ein ziemlich sonderbar zusammengestelltes Kostüm, das freilich vollkommen zu seiner Versicherung stimmte: dem Eklektizismus gehöre die Welt.

„Ah, Waldemar. Soyez le bienvenu. Herzlich willkommen, mein Junge. Nimm einen Stuhl oder stelle dich persönlich hierher . . . Im übrigen ganz nach deiner Bequemlichkeit. Du findest mich in einer gewissen Aufregung: eben hat mir Amsler diese Mappe voll italienischer Stiche geschickt, und ich schwelge in Reminiszenzen. Sieh . . ."

„Mantegna . . ."

„Ja, Waldemar. Mantegna. Du wirst das Original in der Brera gesehen haben. Süperbe. Wie das wohltut, eine verständnisvolle Seele zu finden. Alles redet von Kunst, aber niemand weiß etwas davon, und die wenigen, die die Wissenden sind, die fühlen wieder nichts oder wenigstens nicht genug. Ich möchte wissen, oder lieber nicht wissen, was der Baron zu diesem gekreuzigten und zugleich so wundersam verkürzten Christus sagen würde. Mantegna, für den ich beiläufig eine Spezialpassion habe (du hast doch hoffentlich seine Fresken im Gonzagaschen Palaste gesehn?), Mantegna, sag ich, hat den Leichnam Christi hier von der Fußsohle her gemalt, ein Wunderstück der Verkürzung, etwas Klassisches, etwas Niedagewesenes, versteht sich in seiner Art.

Ich wette zehn gegen eins, der Baron würde mir versichern, Christus sähe hier aus wie eine Badepuppe. Und wenn er sich dazu aufschwänge, so wär es nicht das schlimmste. Denn das ist zuzugestehn: die ganze Gestalt hat etwas Verzwergtes, etwas Koboldartiges; und indem ich darüber spreche, kommt mir ein andrer Vergleich, der mit dem von der Badepuppe beinahe zusammenfällt. Wahrhaftig, dieser Zwerg-Christus erinnert mich an das in Holz geschnitzte Christkind in Ara Celi, an die Bambinopuppe. Findest du nicht auch?"

„In der Tat", antwortete Waldemar, „es erinnert daran. Aber ich fürchte, lieber Onkel . . ."

„. . . dich gestört zu haben. Nein, Waldemar. Ein Italianissimus wie du kann mich nie stören, wenn ich in italienischen Erinnerungen schwelge. Nichts davon. Aber diese Dinge stören *dich*. Wenigstens heute. Du bist zerstreut, du hast etwas auf dem Herzen. Und es kann nichts Kleines sein, denn ich seh in deinem Gesichte so was wie Fieberröte, die mir nicht recht gefällt. Laß dir sagen, Waldemar, was du freilich auch ohne mich weißt, daß dein Leben an einem seidnen Faden hängt. Also solide! Debauchiere wer kann und mag, aber jeder nach seinen Kräften, und durchschwärmte Nächte sind nicht für jedermann und sicherlich nicht für dich. Übrigens nichts für ungut. Sitte hin, Sitte her, ich bin kein Sittenrichter, und jedenfalls der letzte, dich für den Jünglingsverein anwerben zu wollen; meinen Beitrag zahl ich. Aber Gesundheit, Waldemar, Gesundheit; du bist für immer ins Schuldbuch der Tugend eingeschrieben, oder, um mich deutlicher und doch zugleich kaum minder poetisch auszudrücken, du mußt leben wie eine eingemauerte Nonne; den andern trau ich nicht recht. Und nun sage mir, wenn sich's sagen läßt, woher die roten Flecke?"

Waldemar lachte. „Von einem zu frühen Frühstück, lieber Onkel. Ich war beim Baron, und als ich gehen wollte, hielt er mich mit einem Glase Lafitte fest."

Jetzt war das Lachen auf des alten Grafen Seite. „Der gute Baron. Er nennt es Lafitte, Gott verzeih es ihm, und bildet sich noch ein, eine Weinzunge zu haben. Und warum? Weil er von der Voraussetzung ausgeht, ein beständiger Frühstücker müsse sich auch zum Frühstücksverständigen ausbilden. Ein Satz, der grundfalsch ist und an die Doktoren erinnert, die mit Stolz von ihrer fünfzigjährigen Erfahrung sprechen, nachdem ihnen jeder einzelne, wenn irgend möglich, gestorben ist. Glaube mir, Waldemar, wer beständig zwischen Hiller und Dressel hin und her pendelt, kann seine Zunge verfeinern, aber auch nicht. Und das letzte bildet die Regel. Übrigens, um elf beim Baron, was bedeutet das? Da muß was vorliegen. Und nun heraus damit!"

„Ich war da, mir seinen Rat zu holen."

„Bei dem Baron? Rat? Nun, da steh ich doch noch lieber zu seinem Lafitte. Der ist schlimmstenfalls mit Pepsinpastillen zu bekämpfen, aber von seinem Rat ist kein Erholen. Waldemar, ich dächte doch . . . Rat! Nun, ich bin auch nicht von den sieben Weisen Griechenlands, aber neben dem Baron . . . Oder vielleicht war der gute Papageno nur Vorstufe. Laß hören. Ist es eine Sache, von der ich erfahren darf, an der ich möglicherweise mit raten und taten kann?"

„Ja, Onkel. Und zu dem Zwecke bin ich hier. Es ist, wie du sagst, der Baron war nur Vorstufe."

„Nun denn?"

„Also kurz, ich habe vor, mich zu verheiraten."

Der alte Graf schlug mit der flachen Hand auf den Tisch.

„Du erschrickst . . ."

„Ich erschrecke nicht. Das ist nicht das rechte Wort, und wenn ich eben mit der Hand auf den Tisch schlug, so war es nur ein lebhaftes oder vielleicht auch *zu* lebhaftes Zeichen meiner Teilnahme. Nervosität, nichts weiter. Du bist überhaupt ein Gegenstand meiner Teilnahme, Waldemar; denn ich bin dir ungeheuer gut, und wenn ich das Wort nicht haßte, weil so viel Mißbrauch damit getrieben wird, so spräch ich dir rundheraus von meiner Liebe. Wahrhaftig, Junge, du bist der Beste von allen lebenden Halderns (vielleicht können wir auch die Toten mit einrechnen), und ich weiß nicht, was ich alles für dich tun könnte. Daß du mich beerbst, versteht sich von selbst; ich wünsche dir jedes erdenkliche Glück. Aber eines, wenn es eins ist, wünsch ich dir *nicht*. Ein Mann wie du heiratet nicht. Das bist du drei Parten schuldig: dir, deiner Nachkommenschaft (die bei kränklichen Leuten wie du nie ausbleibt) und drittens der Dame, die du gewählt."

„Es ist keine Dame."

Der alte Graf verfärbte sich. Unter einem halben Dutzend Möglichkeiten, die durch sein Hirn schossen, war auch eine . . . Nein, nein . . . Und er faßte sich wieder und sagte mit wiedergewonnener Ruhe: „Keine Dame. Was dann? Wer?"

„Stine."

Der alte Graf sprang auf, warf seinen Stuhl um einen Schritt zurück und sagte: „Stine! Bist du toll, Junge?"

„Nein, ich bin bei Sinnen. Und ich frage dich, ob du mich hören willst?"

Der Graf sagte nicht ja und nicht nein, setzte sich aber wieder und sah Waldemar fragend an.

„Ich nehme an", fuhr dieser fort, „daß du mich

77

hören willst. Und wenn du meinen ersten Satz gehört haben wirst, so wirst du ruhiger werden. Ich bin in den Jahren und in der Lage, selbständig handeln zu dürfen, und ich *werde* selbständig handeln. An dem allen ist nichts zu ändern; Krankheit macht eigensinnig, und die Halderns sind es von Natur. Ich komme nicht, um eine Familienerlaubnis nachzusuchen, die mir, wenn das Gesetz eine Verweigerung zuließe, verweigert werden würde. Da dies nicht der Fall ist, so hat anfragen und Antwort einholen keinen Sinn. Und so denn noch einmal: meine Entschlüsse sind gefaßt. Du sollst nicht den Anwalt für mich machen, am wenigsten für das, was ich vorhabe: mit solchen Dingen komm ich dir nicht; und wenn ich nichtsdestoweniger dein gutes Wort erbitte, so geschieht es, weil alles Gehässige meiner Natur widerstreitet. Haß ist mir häßlich. Ich erbitte dein gutes Wort, weil ich versöhnungsbedürftig bin und in Frieden aus dieser Alten Welt scheiden möchte."

„Was heißt das? Was hast du vor? Waldemar, ich bitte dich, du wirst uns doch nicht eine dieser modernen Selbstmordskomödien aufführen und dich mit deiner Stine nach erfolgter Kopulation — das Wort bleibt mir in der Kehle stecken — auf eine Bahnschiene werfen oder im Hans-und-Grete-Stil in einen Dorftümpel stürzen wollen? Ich bitte dich, Waldemar, verschon uns wenigstens mit einem Debüt im Polizeibericht."

„Es ist nicht das. Ich habe nur einfach vor, mit der Alten Welt Schicht zu machen und drüben ein andres Leben anzufangen."

„Und als Hinterwäldler deine Tage zu beschließen. Umgang mit Chingachgook, alias le gros serpent, und Vermählung deiner ältesten Tochter, Komtesse Haldern, mit irgendeinem Unkas oder einem Großgroßneffen von Lederstrumpf. Was meinst du dazu? Und wenn nicht Hinterwäldler, so doch cowboy, und wenn nicht cowboy, so vielleicht Kellner auf einem Mississippidampfer. Ich gratuliere. Waldemar, ich begreife dich nicht. Ist denn keine Spur von Haldernschem Blut in dir? Ist es denn so leicht, aus einer Welt bestimmter und berechtigter Anschauungen zu scheiden und bei Adam und Eva wieder anzufangen?"

„Da triffst du's, Onkel. Ja, bei Adam und Eva wieder anfangen, das will ich, da liegt es. Was dir ein Schrecken ist, ist mir eine Lust. Ich habe mir sagen lassen, alles regle sich nach einem Gesetz des Gegensatzes, das zugleich ein Gesetz des Ausgleichs ist, eine neue Theorie von diesem oder jenem; die Vorhand ist, glaub ich, streitig. Aber gleichviel von wem sie herrührt, es hat damit nach meiner eigenen Erfahrung und ebenso nach meinem bißchen Wissen seine vollkommne Richtigkeit. Der Alte Fritz haßte das Alte Testament, weil er in seiner Jugend erbarmungslos damit gequält worden war, und der dicke König liebte die Frauen und überschätzte sie, weil sie fünfzig Jahre lang vom preußischen Hofe verbannt gewesen waren. Alles, was unten ist, kommt mal wieder obenauf, und was wir Leben und Geschichte nennen, läuft wie ein Rad; ‚la grande roue de l'histoire', sagen die Franzosen. Und nun laß mich die Nutzanwendung machen. Die Halderns haben lange genug an der Feudalpyramide mit bauen helfen, um endlich den Gegensatz oder den Ausgleich, oder wie du's sonst nennen willst, erwarten zu dürfen. Und da kommt denn nun Waldemar von Haldern und bezeigt eine Neigung, wieder bei Adam und Eva anzufangen."

Der Alte war nicht unempfindlich gegen solche Sätze, die, wenn sich's nicht um Verwirklichung an einem Familienmitgliede gehandelt hätte, sehr wahrscheinlich seinen Beifall gehabt haben würden. Ein Lächeln lief über sein Gesicht, das ausdrücken mochte: „sieh, er führt seine Sache gut", ja, vielleicht entsann er sich sogar, in Übermut und Weinlaune mehr als einmal dasselbe proklamiert zu haben. Und so war es denn in einem viel ruhigeren Tone, daß er antwortete: „Waldemar, laß uns vernünftig reden. Ich bin nicht so verrottet, wie du glaubst. Ich kann dem allen folgen, und ich habe von der göttlichen Weltordnung nicht die Vorstellung, daß sie sich mit dem Staatskalender und der Rangliste vollkommen deckt. Ja, ich will dir noch mehr sagen: ich habe Stunden, in denen ich ziemlich fest davon überzeugt bin, daß sie sich *nicht* damit deckt. Und es werden, und vielleicht in nicht allzu ferner Zukunft, die Regulierungszeiten kommen, von denen du eben sprachst, und vielleicht auch wieder die Adam-und-Eva-Zeiten. Und sie mögen auch kommen, warum nicht? Ich bin vor Adam nie erschrocken, und vor Eva erst recht nicht. Aber sind gerade *wir* dazu da, dem weltgeschichtlichen Umschwungsrade, das du da vorhin zitiertest, sind, sage ich, gerade *wir* dazu da, diesem grande roue de l'histoire solchen energischen Vorwärts- oder meinetwegen auch Zurückruck zu geben? Überlasse das andern. Zur Zeit sind wir nur noch die Beati possidentes. ‚Sei im Besitze, und du bist im Recht‘ ist vorläufig noch für *uns* geschrieben. Warum sich selbst um diesen Besitz bringen und auf eigene Kosten eine Zukunft heraufbeschwören, von der vielleicht keiner profitiert, und wir gewiß nicht. Adam, Neubeginn der Menschheit, Paradies und Rousseau — das alles sind wundervolle Themata, für die sich in praxi alle diejenigen begeistern mögen, die dabei nur gewinnen und nichts verlieren können; die Halderns aber tun gut, all dies in der Theorie zu belassen und nicht persönlich danach zu handeln."

Der junge Graf lächelte vor sich hin. „Ja, Onkel, das ist das Allgemeine, das Alltäglichgültige. Gewiß, ich weiß es. Da gilt das, was du sagst. Und laß mich dir versichern, ich bin weit ab davon, den Welt- oder auch nur den Gesellschaftsreformator machen zu wollen. Dazu hab ich nicht die Schultern. Aber das Besondre, das Besondre."

„Welches Besondre?"

„Stine."

„Ja so, die", sagte der alte Haldern und ließ in allem erkennen, daß er im Laufe des Gesprächs den Ausgangspunkt so gut wie vergessen hatte. „Ja, Stine ... Dummes Zeug. Ich kenne das. Ein Jung- geselle, der über fünfzig hinaus ist, ist mehr als ein- mal in Gefahr gewesen, an dieser Klippe zu schei- tern. Aber das sind Anwandlungen, Fieberanfälle. Solange sie dauern, legt man sich die Weltgeschichte nach dem kleinen Gefühl zurecht, das einen gerade beherrscht; aber von heute auf morgen, oder wenn es hoch kommt von heute bis übers Jahr, hat man sich besonnen und sieht die Dinge nicht mehr durch das Trug- und Zauberglas unsrer erhitzten Phanta- sie, sondern durch die Fensterscheibe der Alltäglich- keit. Stine! Du sollst nicht brüsk mit ihr brechen, im Gegenteil, besuche sie, solange dich's dazu treibt; habe deine Plauderstunde mit ihr ruhig weiter; aber es muß der Augenblick kommen, wo sich's ausge- plaudert hat und wo du deinen Irrtum empfindest. Eines schönen Tages fällt es dir wie Schuppen von den Augen, und du siehst in einen Abgrund."

„In welchen?"

„Das wag ich nicht vorher zu sagen, vielleicht bloß in den der Langeweile, vielleicht auch in einen schlimmeren. Und den Tag danach schreibst du ihr

einen Abschiedsbrief und trittst deine dritte Römer-
fahrt an. Rom paßt ohnehin für die Halderns, alt
zu alt. Aber nicht Amerika. Ja, für die diggings oder
ein Goldgräber-Camp ist mir, offen gestanden, auch
Stine zu schade. Beiläufig, was Stine von Amerika
braucht, ist eine Singersche Nähmaschine."

Waldemar erhob sich von seinem Platze. „Du
hast, Onkel, von deinem Standpunkt aus, ein Recht,
so zu sprechen, ja, vielleicht härter und herber noch;
es liegt dir fern, mich kränken zu wollen, ich höre
das heraus und ich danke dir dafür. Aber alles, was
du gesagt, kann mich nicht umstimmen; es muß bleiben, wie es ist. Ich fühle mich zu diesem liebenswür-
digen Geschöpf, das nichts ist als Wahrhaftigkeit,
Natürlichkeit und Güte, nicht nur hingezogen, das
sagt nicht genug, ich fühle mich an sie gekettet, und
ein Leben ohne sie hat keinen Wert mehr für mich
und ist mir undenkbar geworden. Es braucht nicht
Amerika zu sein; es findet sich auch wohl ein Win-
kel hier . . ."

„Was Gott verhüte . . ."

„Dann also drüben. Und ich bitte dich, mir bei
den Eltern in Groß-Haldern, wenn nichts weiter, so
doch das Ausbleiben eines großen, aufgesteiften Pro-
testes erwirken zu wollen. Eine gegen mich ver-
hängte Familien-Acht möcht ich, wenn's irgend geht,
vermieden sehen, so wenig Schreckliches alle Bann-
und Achterklärungen von jeher für mich gehabt haben. Ich erwarte kein Ja, keinen Segen; ich verzichte
darauf, schon einfach, weil ich muß. Es verlangt
mich nur zu hören, daß man sich in das Unvermeid-
liche gefunden hat, daß man sich ihm unterwirft, als
wär es eine Schickung, oder welch sonstige fromme
Bezeichnung man dafür wählen mag. Der junge
Pastor kann ja Worte zur Auswahl stellen. Lebte
der alte Buntebart noch, so wär es besser. Der Besitz

fällt meinem jüngeren Bruder zu, trotzdem Groß-
und Klein-Haldern Primogenitur sind; ich werde
den Verzicht gerichtlich aussprechen. Nur ein Pflicht-
teil erbitt ich mir, um das Nötigste durchführen zu
können. Und nun noch einmal: Willst du mein Fürsprecher sein, der wenigstens das Schmerzlichste von
mir abwendet und mir für die Zukunft, und wenn
es die fernste wäre, die Möglichkeit einer Versöh-
nung offenhält?"

Der alte Graf schüttelte den Kopf.

„Also nein. Und auch *das* ist gut, weil es etwas
Bestimmtes ist. Ich danke dir, daß du mich angehört
und mich mit Standesredensarten und vor allem
auch mit jenem französischen Worte, das bei solchen
Gelegenheiten in unseren Kreisen gang und gäbe ist,
verschont hast. Und nun lebe wohl, ich sehe dich
nicht wieder. Alles, was noch zu tun oder zu sagen
bleibt, wird durch andere geschehen."

Der alte Graf hatte sich ebenfalls erhoben und
schritt, über den Teppich hin, auf und ab. Jetzt aber
blieb er stehen und sprach nicht ohne Bewegung vor
sich hin: „Und daran bin ich schuld . . . ich."

„Schuld? Du? Schuld an meinem Glück? Nein,
Onkel, nur Dank und wieder Dank." Und dabei
nahm er den Hut, um zu gehen, hielt aber noch einmal an, augenscheinlich in Zweifel, ob er dem Oheim
die Hand reichen solle oder nicht.

Der alte Graf sah es und trat seinerseits einen
Schritt zurück.

So verbeugte sich denn der Neffe nur in aller
Förmlichkeit und schritt dann auf die Tür zu, die
nach dem Korridor hinausführte.

Draußen stand Johann, der gehorcht hatte, mit
dem Überzieher schon in der Hand und ließ es an
Dienstbeflissenheit nicht fehlen. Aber das nachdrück-
liche Schweigen, in dem er verharrte, schien doch

auch seinerseits eine Mißbilligung ausdrücken zu
sollen. War er doch lange genug im Haldernschen
Dienst, um über Mesalliancen noch strenger zu denken als sein Herr.

DREIZEHNTES KAPITEL

Erst als er wieder allein war, wurde sich der alte
Graf alles dessen, was er gehört hatte, voll bewußt.
Allerdings war ihm gleich im ersten Augenblick das
Blut zu Kopf gestiegen; Waldemars ruhiges Sprechen aber und vielleicht mehr noch ein ihm tief im
Blute steckender Hang nach dem Aparten und Aben-
teuerlichen hatte seinen Unmut zurückgehalten. Indessen dieser Zustand konnte nicht dauern, und
jetzt, wo Waldemar fort und die Diskussion einer
ihn prickelnden Frage geschlossen war, war auch
der Moment wieder da, die zurückgedrängten ersten
Empfindungen: Entrüstung und Schreck, wiederauf-
lohen zu lassen.

In der Tat auch Schreck. Er war Grund und Ur-
sach all dieser Wirrnisse, die nicht gekommen wären, wenn er, für seine Person, auf die törichte
Laune, Waldemar bei der Pittelkow einzuführen,
verzichtet hätte. Dieser Fauxpas seinerseits mußte
früher oder später zur Kenntnis seines älteren Bru-
ders, des Majoratsherrn auf Groß- und Klein-Haldern, kommen, und wenn er sich dann verklagt sah,
gleichviel laut oder leise, wie wollt er da bestehen?
Und wenn vor *ihm,* dem Bruder, wie vor *ihr,* der
Frau Schwägerin? Sie war die stolzeste Frau weit
und breit, eine von Petersburger Erinnerungen ge-
tragene kurländische Dame, vor der selbst die Halderns nur mit Mühe bestehen konnten und der eine

Schwiegertochter im Stile von Stine Rehbein einfach Tod und Schande bedeutete. Was half es, wenn Waldemar aus dem Lande ging und sich für immer expatriierte? Die Tatsache der „Encanaillierung" eines Haldern blieb bestehen und mit ihr der Skandal, die Blame, das Ridikül. Und das letztere war das schlimmste.

„Nein, es geht nicht", überlegte der Graf, während er, immer erregter und nervöser werdend, in seinem Zimmer auf und ab schritt. „Ich werde mit Gewalt dazwischen fahren. *Ich* bin schuld, ja und nochmals ja, und immer wieder ja — ich will es nicht von mir abwälzen. Aber meine Dummheit allein hat es nicht dahin gebracht, da steckt meine gute Freundin dahinter, dieser schwarze Gottseibeiuns, meine gute Pittelkow, die jeden Tag rappelköppischer wird. Denn soviel bon sens sie hat, so ist sie doch vom Hochmutsteufel besessen, und während sie nach links hin sich einbildet, mit mir machen zu können, was sie will, will sie nach rechts hin die blonde Schwester mit ihrer langweiligen Tugendgrimasse direkt in unsere Familie hineinspielen. Aber ich werde dem Hause Pittelkow mit all seinen Annexen zeigen, daß es denn doch die Rechnung ohne den Wirt gemacht hat. Undankbare Kreatur. Aus dem Kehricht hab ich sie aufgelesen, und als Lohn für meine Guttat zahlt sie mir in *dieser* Münze."

Während er noch so sprach, traf sich's, daß sein Blick von ungefähr in den Spiegel fiel. Er trat denn auch heran, rückte sich das rote Halstuch zurecht und lachte: „So also sieht ein Ehrenmann aus, ein Witwenretter und Waisenvater . . . Habe die Ehre." Und er bekomplimentierte sich selbst. „Immer das alte Lied. Sowie man in der Patsche sitzt, spielt man sich auf den Unschuldigen hin aus, schimpft über die Komplizen, die meist viel weniger Schuld haben als man selbst, und läßt andere die Dummheiten entgelten, die man höchst eigenhändig gemacht hat. Und in meinem Falle nennt sich diese schnöde Weißwascherei noch aristokratische Gesinnung und erhebt sich über die Pittelkows, die sich wenigstens nicht mit ‚Noblesse oblige‘ durch die Welt zieren. Jammervoll. Wohin man sieht, hat man sich zu schämen. Und doch muß etwas geschehen, und wenn meine Schuld noch zehnmal größer wäre.“

Bei diesen Worten zog er die Klingelschnur. „Eine Droschke, Johann.“ Und während dieser sich nach dem nächsten Halteplatz aufmachte, machte der alte Graf Toilette, sorglich und vor dem Spiegel, aber doch mit der Raschheit eines alten Militärs.

Eine halbe Stunde später hielt die Droschke vor dem Eingange zum Invalidenpark. Der alte Graf stieg aus und ging, über den Damm fort, auf das ihm wohlbekannte Haus zu, das im grellen Scheine der Mittagssonne wie ausgestorben dalag. Pauline stand am Fenster und erkannte den Grafen, als er hastigen Schrittes auf ihre Wohnung zusteuerte. „Jott“, sagte sie, „nu schon bei Dage!“ Dabei rückte sie aber doch den Kragen zurecht und warf ihre Küchenschürze hinter den Ofen. Und jetzt hörte sie’s klingeln.

„Mama zu Haus?“

Olga wollte „nachsehen“; aber der Graf war nicht in der Laune, sich auf seinem eigensten Territorium allerlei lächerlichen Anmeldeförmlichkeiten zu unterwerfen, und trat also, während er Olga folgte, gleichzeitig mit dieser in das Vorderzimmer ein.

„Guten Tag, Witwe.“

Die Pittelkow sah, daß er schlechter Laune war, und erwiderte deshalb, ohne sich von ihrer Fensterstelle zu rühren, im gleichgültigsten Tone: „Guten Tag, Graf ... Eine schmähliche Hitze ...“

Der alte Graf bezeugte keine Lust, sich in ein Wettergespräch einzulassen, warf sich vielmehr ohne weiteres ins Sofa und sagte, während er sich mit dem Taschentuch etwas frische Luft zufächelte: „Komme heute in einer ernsten Sache, Pauline. Was ist das mit der Stine?"

„Mit Stine?"

„Ja. Sie hat da mit meinem Neffen angebändelt. Und nun ist er verrückt geworden und will sie heiraten. Und wer ist schuld daran? Du, Pauline. Du hast mir dies eingebrockt. Du, nur du. Stine macht nicht drei Schritte, geht nicht von hier bis ans Fenster, ohne dich zu fragen; sie hat nie was andres getan, als was du gewollt oder gutgeheißen hast, und auf dich fällt dieser Skandal. Ich frage dich, ob ich Anspruch auf solche Behandlung habe? Nun, wir wollen sehen, was wird. Wolle du, was du willst, ich will, was ich will. Die Welt ist verrückt genug geworden, aber so weit sind wir noch nicht, daß die Häuser Haldern und Pittelkow Arm in Arm ihr Jahrhundert in die Schranken fordern. Nein, Pauline. Solchen Unsinn verbitt ich mir, und was ich von dir fordre, ist das, daß du dieser Kinderei ein Ende machst."

„Kann ich nicht."

„Weil du nicht willst."

„Oh, ich will schon. Ich *habe* schon gewollt, gleich als ich die Geschichte kommen sah. Es ist ein Unglück für meine Stine."

„Was?"

„Es is ein Unglück für meine Stine. Ja, Graf. Oder denken Sie, daß ich so dumm bin, so was für'n Glück zu halten? Ach, du meine Güte, da sind der Herr Graf mal wieder aus Irrland, und ganz gehörig. Und nu hören Sie mal ein bißchen zu. Hier drüben wohnt ein Schlosser, ein Kunstschlosser, und hat nen Neffen, einen allerliebsten Menschen, der bei den ‚Maikäfern‘ gestanden — aber jetzt is er wieder ins Geschäft. Nu, der war letzten Sommer immer um die Stine rum, un wenn *der* das Mächen nimmt, dann geh ich nächsten Sonntag in'n Dom oder zu Büchseln und weine mir aus und danke dem lieben Gott für seine große Guttat un Gnade, was ich nu schon eine gute Weile *nich* gedhan habe. Ja, Graf, *so* steht es. Mein Stinechen ist kein Mächen, das sich an einen hängt oder mit Gewalt einen rankratzt, Graf oder nich, un hat's auch nich nötig. Die kriegt schon einen. Is gesund un propper un kein Untätchen an ihr, was nich jeder von sich sagen kann. He?“

„Komme mir nicht damit. Das sind Ausweichungen und Redensarten, bloß um von der Sache loszukommen. Darum handelt sich's nicht. Untätchen! Was heißt Untätchen? Ich habe der Stine nichts auf den Leib gered't, ich weiß, sie ist ein gutes Kind. Aber was soll das mit deinem ‚Untätchen‘ und ‚was nicht jeder von sich sagen kann‘. Meinst du mich? Meinetwegen. Mir tut's nichts; ich bin drüber weg. Aber du meinst meinen Neffen, und das reizt mich und ärgert mich, weil's mal wieder deinen schlechten Charakter zeigt. Oder wenn nicht deinen schlechten Charakter, so doch, daß du hart bist und ohne rechte Güte. Was soll das mit dem anzüglichen Vorwurf und deinem spöttischen Gesicht dabei? Waldemar ist ein armer, unglücklicher Mensch und kann freilich keinen Degen verschlucken oder sich einen Amboß auf die Brust legen lassen. Und wenn du das ein ‚Untätchen‘ nennen willst, nun, so tu's. Aber seine Krankheit und sein Elend, das ist es ja gerade, was ihm vor Gott und Menschen zur Ehre gereicht. Denn woher hat er's? Aus dem Krieg her hat er's. Er war noch keine neunzehn und ein schmächtiger, dünner Fähnrich bei den Dragonern und sah aus wie ne Milchsuppe, das muß wahr sein. Aber ein Haldern war er. Und weil er einer war, war er der erste von der Schwadron, der an den Feind kam, und vor dem Karree, das sie sprengen sollten, ist er zusammengesunken, zwei Kugeln und ein Bajonettstich und das Pferd über ihn. Und das war zuviel für den jungen Menschen. Zwei Jahre hat er gelegen und gedoktert und gequient, und nun drückt er sich schwach und krank in der Welt herum; und weil er nicht weiß, was er machen soll, besucht er Stine und will sie heiraten. Das ist ein Unsinn. Aber komme mir nicht mit allerlei Spitzen und Anzüglichkeiten, die für den armen Jungen nicht passen. Er hat das Eiserne Kreuz, und ich will, daß du mit Achtung von ihm sprichst."

Pauline lachte. „Jott, Graf, wenn das einer hört, so muß er ja wahr und wahrhaftig denken, ich wollt einem einen Spott draus machen, daß er ein braver Junge gewesen. Aber das is auch so eine von euren Marotten, daß ihr immer denkt, wir verstünden nichts davon und wüßten nichts von Vaterland und knappzu von Courage. Aber wie steht es denn? Alle Wetter, ich bin auch fürs Vaterland und für Wilhelm; und wer seine Knochen zu Markte getragen hat, vor dem hab ich Respekt un brauche mir nich erst sagen zu lassen, daß ich Respekt vor ihm haben soll. Un denn, Graf, man nich immer jleich mit die Halderns. Ich habe welche gekannt, die waren auch erst neunzehn und keine Halderns und saßen *nich* zu Pferde, nein, immer bloß auf Gebrüder Benekens, un mußten auch immer vorwärts. Un zuletzt, als es bergan ging un sie nich mehr konnten, da hielten sie sich an die Kusseln, weil sie sonst rücklings runtergefallen wären, un immer die verdammten Dinger dazwischen, die so quietschen un sich anhören wie

ne Kaffeemühle. Ne, ne, Graf, die Halderns haben
es nich alleine gemacht un der junge Graf auch nich.
Aber er hat seine Schuldigkeit getan un seine Gesundheit drangegeben, und da werd ich ihm doch
nichts anreden — i, da biß ich mir ja lieber die Zunge
ab. Ich habe bloß sagen wollen, daß an Stine kein
Untätchen is. Un dabei bleib ich. Und da wir nu
mal davon reden, dabei bleib ich auch, daß ans
Gräfliche öfter so was is als an unserein, un nu gar
erst an Stinechen. Ich weiß nicht, wie die Dokters
es nennen; aber das weiß ich, es gibt Untätchen schon
von'n Urgroßvater her. Un die Urgroßväter, was
so die Zeit von'n dicken König war, na, die waren
schlimm. Un die Halderns werden woll auch nich
anders gewesen sein als die andern."

„Es ist gut", sagte der alte Graf mit wiedergewonnener Ruhe. „Was du gleich zuerst gesagt hast
von dem Schlosser drüben und seinem Neffen, das
ist die Hauptsache, das hat mich überführt. Ich
glaube jetzt, daß du unschuldig an der Sache bist,
und muß auch einräumen, es sieht dir nicht ähnlich.
Du bist viel zu klug und zu verständig, um solchen
Unsinn in Gang zu bringen. Denn du sagst es ja
selbst, ein Unsinn ist es und ein Unglück dazu. Und
noch dazu für alle beide."

Pauline nickte zustimmend.

„Also ein Unglück, sag ich. Und nun laß uns überlegen, wie wir da rauskommen oder es wenigstens
eingrenzen und wieder Schick in die Sache bringen.
Waldemar ist eigensinnig (alle Kranken sind es) und
wird von seinem Vorhaben nicht lassen wollen, davon bin ich überzeugt. Es ist also nur dadurch etwas
zu machen, daß wir auf den andern Part, auf deine
Schwester, einen Einfluß gewinnen."

Die Pittelkow zuckte mit den Achseln.

„Du willst sagen, es fehlt auch *ihr* nicht an Eigen-

sinn. Und ich glaub es beinahe. Außerdem ist alles
Zureden umsonst, solange noch die Möglichkeit für
Stine bleibt, Waldemar zu sehn und zu sprechen.
Den wird sie natürlich lieber hören als uns. Jeder
hört am liebsten, was ihm schmeichelt und wohltut.
Ich seh also nur *ein* Mittel: sie muß fort. Und ich
stelle dir alles dabei zur Verfügung. Überlege. Sie
wird doch irgendwo in der Welt, in der Priegnitz
oder Uckermark, eine Freundin oder Anverwandte
haben, und wo nicht, so müssen wir so was erfinden.
Da muß sie hin. Nur weg von hier, weg. Zeit gewonnen, alles gewonnen. Und ist erst eine Trennung
da, und haben beide vierzehn Tage lang eingesehn,
daß sich auch ohne Mondscheinkuß immer noch
leben läßt, so haben wir wenigstens einen guten Anfang gemacht. Und dann sehen wir weiter."

Die Pittelkow war im wesentlichen damit einver-
standen und fiel, als ihr Haldern auch erzählt hatte,
daß Waldemar nach Amerika wolle, rasch wieder in
ihren Alltags- und Gemütlichkeitston. „Ich war von
Anfang an dagegen. Und nu will er auch noch nach
Amerika! Du mein Gott, was will er da? Da müssen sie scharf ran und bei sieben Stunden in Stich-
sonne, da fällt er um. Erst heute früh haben sie hier
einen vom Bau vorbeigebracht un war noch dazu
ein Steinträger mit Schnurrbart und Soldatenmütze,
was immer die stärksten sind. Un nu solch armer
Invalide. Graf, ich werd es schon machen un will
gleich zu Wanda, die muß mir eine Geschichte zu-
rechtlügen. Un wenn ich die habe, dann packen wir
Stinen ein, nach Alt-Landsberg oder nach Bernau
mit's Storchnest oder nach Fürstenwalde. Sie will
immer beistehn un helfen, und wir müssen ihr so
was vorreden von Beistand und Hilfe."

Der Graf war erfreut, und so trennten sie sich.

VIERZEHNTES KAPITEL

Die Pittelkow, als der Graf fort war, warf sich in
Staat, nahm ihren Umhang und ging in die Tieck-
straße, um mit Wanda zu beraten, was zu tun und
in welchem märkischen Neste Stine wohl am besten
unterzubringen sei. Wanda, dessen entsann sie sich,
hatte eine ältere, nach Teupitz hin an einen Schläch-
termeister verheiratete Halbschwester; vielleicht
wenn man sagte, daß da was Kleines angekommen
und der Mann samt seinen vielen Kindern eines Bei-
stands in der Wirtschaft bedürftig sei? „Ja, so muß
es gehn. Un is erst wer in Teupitz, so kommt er sobald nich wieder weg. Und die Frau wird sie schon
festhalten – so viel wird sie doch woll von Wanda'n
haben, daß sie nich gleich locker läßt. Un wenn jrade
geschlachtet wird, kann Stine ja zusehn und hat en
bißchen Zerstreuung."

In dieser Richtung gingen die Gedanken der Pittelkow, die, während sie diese Pläne machte, nicht
ahnen konnte, daß ziemlich um ebendiese Zeit bereits Entschlüsse gefaßt und Entscheidungen getroffen worden waren, die jeden weiteren Klugheitsplan
unnötig machten.

Waldemar, als er den Onkel verlassen hatte, hatte
seinen Weg erst bis Schloß Bellevue hin und von
dort aus nach einem um ein paar hundert Schritte
weiter flußabwärts gelegenen Sommerlokale genommen, das er für gewöhnlich an jedem Spätnachmittag, eh er zu Stine ging, aufzusuchen pflegte. Dort
im Schatten alter Bäume niederzusitzen und zu sinnen und zu träumen, war das, was er liebte. Wirt
und Wirtin in diesem Lokale kannten ihn längst,
ebenso war er Intimus der dort zahlreich ansässigen
Spatzen, die, sobald er Platz genommen, den Tisch

umhüpften und die Brocken und Krümel des eigens
für sie bestellten Stück Kuchens aufzupicken pfleg-
ten. Das alles war heute gerade so wie sonst, und
nur die ihre Köpfe neugierig zusammensteckenden
Kellner beschäftigten sich augenscheinlich mit der
Frage, was ihren regelmäßigen Spätnachmittagsgast
heute schon zu so früher Stunde hierher geführt haben könnte. Denn es war erst zwei. Waldemar hatte
seine Freude daran, diese kleine Neugier zu beobachten, und las aus den Mienen der Kellner den Gang
ihrer Unterhaltung mit einer Sicherheit heraus, als
ob er sie vom nächsten Baum her hätte belauschen
können. Überhaupt entging ihm nichts, und wenn er
eine Zeitlang die Qualmwolken aus dem gerade ge-
genübergelegenen Borsigschen Eisenwerke hatte her-
vorquellen und nach der Jungfernheide hin abziehen
sehen, so gab er seinem Blick mit einemmal wieder
eine Seitwärtsrichtung und zählte dabei die Brük-
kenpfeiler oder die Spreekähne, die von der Stadt
her den Fluß herunterkamen. Er war ohne jede Spur
besonderer Erregung und beschäftigte sich, was übrigens seinem Charakter entsprach, kaum noch mit
dem Gespräche, das er eben erst mit dem Onkel gehabt hatte. Wenn er den Frieden nicht haben konnte,
so war es schon viel für ihn, ihn seinerseits ehrlich
und aufrichtig gewollt zu haben. Und das war ja
der Fall. Aus diesem Bewußtsein erwuchs ihm etwas
wie Trost und Ergebung, und wenn Ergebung auch
nicht das absolut Beste, nicht der Friede selbst war,
so war es doch das, was dem Frieden am nächsten
kam.

Er blieb wohl eine Stunde. Dann erst erhob er
sich und ging auf den Ausgang zu. Von draußen her
aber sah er noch einmal über den Staketzaun in den
Garten zurück. Da war wieder die Musikestrade mit
den wackeligen Notenpulten und gleich dahinter

das primitive Büfett mit den eingeschnittenen Quer-
hölzern, daran zahllose Weißbierdeckel wie kleine
Schilde hingen. Und dicht daneben und halb überwachsen von einer Kugelakazie stand der eben von
ihm verlassene Tisch, auf dessen grüner Platte jetzt
die Lichter und Schatten tanzten. Er konnte sich
nicht losreißen von dem allen und prägte sich's ein,
als ob er ein bestimmtes Gefühl habe, daß er's nicht
wiedersehen werde. „Glück, Glück. Wer will sagen,
was du bist und wo du bist! In Sorrent, mit dem
Blick auf Capri, war ich elend und unglücklich, und
hier bin ich glücklich gewesen." Und nun ging er
weiter flußabwärts bis an die Moabiterbrücke, weil
er vorhatte, den Rückweg am andern Ufer zu machen. Als er aber drüben war, nahm er langsam und
unter gelegentlichem Verweilen seinen Weg auf den
Humboldtshafen und zuletzt auf den Invalidenpark zu. Dort blieb er stehen und musterte das ge-
genüberliegende Haus. Stine stand oben am Fenster.
Er grüßte mit der Hand und stieg dann in ihre
Wohnung hinauf.

Stine empfing ihn schon an der Tür, glücklich, ihn
zu sehen, aber doch mit einem Anfluge von Sorge,
weil er sonst nie vor Dämmerstunde kam.

„Was ist?" sagte sie, „du siehst so verändert aus."

„Möglich. Aber es ist nichts. Ich bin vollkommen
ruhig."

„Ach, sage nicht *das*. Wenn man sagt, man sei
ruhig, ist man's nie."

„Woher weißt du das?"

„Ich glaube, das lernt jeder, dafür sorgt das Leben. Und dann weiß ich es von Pauline. Wenn die
zu mir sagt: ,Stine, nun bin ich wieder ruhig', dann
ist es immer noch schlimm genug. Aber nun sage,
was ist?"

„Was ist? Eine Kleinigkeit. Eigentlich nichts. Ich stand immer einsam unter den Meinigen, und nun soll ich noch etwas einsamer dastehn. Es wirkt einen Augenblick, aber nicht lange ..."

„Du verschweigst mir etwas. Sprich!"

„Gewiß, deshalb bin ich hier. Und so höre denn. Ich war bei meinem Onkel, um ihm zu sagen ... ja, was Stine? Um ihm zu sagen, daß ich dich lieb hätte ..."

Stine kam in ein Zittern.

„... Und daß ich dich heiraten wolle ... Ja, heiraten, nicht um eine Gräfin Haldern aus dir zu machen, sondern einfach eine Stine Haldern, eine mir liebe kleine Frau, und daß wir dann nach Amerika wollten. Und zu diesem Schritt erbät ich seine Zustimmung oder doch eine Fürsprache bei meinen Eltern."

„Und?"

„Und diese Fürsprache hat er mir verweigert."

„Ach, was hast du getan?"

„Sollt ich nicht?"

„Was hast du getan?" wiederholte Stine, zugleich hinzusetzend: „Und ich Ärmste bin schuld daran. Bin schuld, weil ich's habe gehen lassen und mich nie recht gefragt habe: was wird? Und wenn mir die Frage kam, so hab ich sie zurückgedrängt und nicht aufkommen lassen und nur gedacht: freue dich, solange du dich freuen kannst. Und das war nicht recht. Daß es nicht ewig dauern würde, das wußt ich; aber ich rechnete doch auf manchen Tag. Und nun ist alles falsch gewesen, und unser Glück ist hin, viel, viel schneller als nötig, bloß weil du wolltest, daß es dauern solle."

Waldemar wollte widersprechen; aber Stine litt es nicht und sagte, während ihre Stimme mit jedem Augenblick beschwörender und eindringlicher wurde: „Du willst nach Amerika, weil es hier nicht geht. Aber glaube mir, *es geht auch drüben nicht.* Eine Zeitlang könnt es gehn, vielleicht ein Jahr oder zwei, aber dann wär es auch drüben vorbei. Glaube nicht, daß ich den Unterschied nicht sähe. Sieh, es war mein Stolz, ein so gutes Herz wie das deine lieben zu dürfen; und daß es mich wieder liebte, das war meines Lebens höchstes Glück. Aber ich käme mir albern und kindisch vor, wenn ich die Gräfin Haldern spielen wollte. Ja, Waldemar, so ist es; und daß du so was gewollt hast, das macht nun ein rasches Ende. Vor Jahren, ich war noch ein Kind, hab ich mal ein Feenstück gesehn, in dem zwei Menschen glücklich waren; aber ihr Glück, so hatte die Fee gesagt, würde für immer hin sein, wenn ein bestimmtes Wort gesprochen oder ein bestimmter Name genannt werde. Siehst du, so war es auch mit uns. Jetzt hast du das Wort gesprochen, und nun ist es vorbei, vorbei, weil die Menschen davon wissen. Vergiß mich; du wirst es. Und wenn auch nicht, ich mag keine Kette für dich sein, an der du dein Leben lang herumschleppst. Du mußt frei sein; gerade du.“

„Ach, meine liebe Stine, wie du mich verkennst. Du sprichst von einer ‚Kette‘, und daß ich frei sein müsse. Freiheit. Nun ja, mein Leben war frei, was man so frei sein nennt, seit ich aus meiner Eltern Hause ging, und in manchen Stücken auch früher schon. Aber wie verlief es trotzdem? Wie war es von Jugend an? Wir haben so viel davon geplaudert, und ich habe dir von meinen Kindertagen erzählt und von dem langweiligen Hauslehrer, der den Frommen spielen mußte nach Anweisung und mich mit Sprüchen und Geboten und dem ewigen ‚Was ist das‘ quälte und mit dem Glaubensbekenntnis, das ich nie verstand und er auch nicht. Aber der

arme, traurige Mensch, der (ich sollte vielleicht nicht
spotten, gerade *ich* nicht) immer einen Katarrh und
eine Liebschaft hatte, war lange nicht der Schlimmste. Das Schlimmste war, daß ich im Hause selbst,
bei meinen eignen Eltern, ein Fremder war. Und
warum? Ich habe später darauf geachtet und es in
mehr als einer Familie gesehn, wie hart Eltern gegen
ihre Kinder sind, wenn diese ganz bestimmten Wün-
schen und Erwartungen nicht entsprechen wollen."

Stine, die dieselbe Wahrnehmung auch in ihrer
bescheidenen Sphäre gemacht haben mochte, nickte
zustimmend, und Waldemar, der sich dieser Zustimmung freute, fuhr deshalb fort: „Es wird wohl
überall so sein, und jedenfalls war es so bei uns.
Und dazu die Launen und Verstimmungen einer
Frau, weil ihr ein Großfürst einmal ein Billett geschrieben, das beinahe ein Liebesbillett war, und die
sich nun einbildete, nicht viel was anders als eine
Mißheirat geschlossen zu haben. Da hast du das
Bild meiner Stiefmutter. Den Sommer über war sie
verstimmt über das langweilige Landleben und über
die Damen der Nachbarschaft, die gar keine Damen
waren, wenigstens nicht in ihren Augen; und wenn
sie dann winters zu Hofe ging, so war sie noch ver-
stimmter, weil Schönere oder Vornehmere da waren
und ihr den Rang abliefen. Und diese schlechte
Laune mußt ich entgelten, diese Verstimmungen
trafen *mich*, der ich ihr überhaupt von Anfang an
mißfiel. Und als ich dann heranwuchs und wohl
auch meinerseits zeigen mochte, daß mir nicht alles
gefalle, da war ich vollends nicht auf Rosen gebet-
tet. Und so ging's, bis ich mit neunzehn eintrat und
mit zu Felde zog und die Kugel kriegte oder zwei,
wovon ich dir erzählt habe. Da wurd es freilich
einen Augenblick besser, und ich war ein Vierteljahr
lang der Held und Mittelpunkt der Familie, beson-

ders als auch prinzliche Telegramme kamen, die sich nach mir erkundigten. Ja, Stine, das war meine große Zeit. Aber ich hätte sterben oder mich rasch wieder zu Gesundheit und guter Karriere herausmausern müssen, und weil ich weder das eine noch das andre tat und nur so hinlebte, manchem zur Last und keinem zur Lust, da war es mit meinem Ruhme bald vorbei. Der Vater hätt es vielleicht ändern können, wenn er ein festes Eintreten für mich gewagt und nicht seinen Haus- und Ehefrieden über mein Glück gestellt hätte. So konnt er sich nicht aufraffen, und so hab ich denn durch viele Jahre hingelebt, ohne recht zu wissen, was Herz und Liebe sei. Nun weiß ich es. Und jetzt, wo ich es weiß und mein Glück festhalten will, soll ich es wieder aus der Hand lassen. Und alles bloß, weil du von Ansprüchen sprichst und vielleicht auch daran glaubst, die mir im Blute stecken sollen und die – weil im Blute – gar nicht aufzugeben seien. Ach, meine liebe Stine, was geb ich denn auf? Nichts, gar nichts. Ich sehne mich danach, einen Baum zu pflanzen oder ein Volk Hühner aufsteigen oder auch bloß einen Bienenstock ausschwärmen zu sehen."

Er schwieg und sah vor sich hin, Stine aber nahm seine Hand und sagte: „Wie du dich selbst verkennst. Der Tagelöhnersohn aus eurem Dorfe, der mag so leben und dabei glücklich sein; nicht du. Dadurch, daß man anspruchslos sein will, ist man's noch nicht; und es ist ein ander Ding, sich ein armes und einfaches Leben ausmalen oder es wirklich führen. Und für alles, was dann fehlt, soll das Herz aufkommen. Das kann es nicht, und mit einem Male fühlst du, wie klein und arm ich bin. Ach, daß ich in diesem Augenblick so spreche, das ist vielleicht auch schon eine Schwachheit und ein kleines Gefühl; aber ich kämpfe nicht dagegen an, weil ich glaube, daß aus allem, was du vorhast, nur Unheil kommt, nur Enttäuschung und Elend. Der alte Graf ist dagegen und deine Eltern sind dagegen (du sagst es selbst), und ich habe noch nichts zum Glück ausschlagen sehen, worauf von Anfang an kein Segen lag. Es ist gegen das vierte Gebot, und wer dagegen handelt, der hat keine ruhige Stunde mehr, und das Unglück zieht ihm nach."

„Ach, meine liebste Stine, du redest dich so hinein und kommst mir nun gar mit dem vierten Gebot. Glaube mir, das mit dem vierten Gebot, das hat auch seine Grenze. Vater und Mutter sind nicht bloß Vater und Mutter, sie sind auch Menschen, und als Menschen irren sie so gut wie du und ich. Nein, ich will dir sagen, was es ist und warum du glaubst, so sprechen zu müssen. Ich verstehe mich ein bißchen auf das menschliche Herz; denn sieh, wer jahrelang auf dem Krankenbett liegt, der hat viel Zeit und spürt vielem nach, und das Verlockendste sind immer die Schlängelgänge des Herzens, des eignen und des der andern. Und nun höre, was es ist. Es ist was Hochmütiges in eurer Familie, daran drei Grafen genug hätten, etwas Trotziges und Herausforderndes, und ein Hang, die Wahrheit zu sagen und mitunter auch noch mehr. Deine Schwester hat es sehr stark, und du hast es auch, hast auch dein Teil daran. Und sieh, in diesem deinem falschen Stolze willst du nicht, daß ich auch nur einen Augenblick glauben soll, du hättest an so was wie eine Stine Haldern gedacht. Das ist dir gegen deine Ehre. Hab ich recht und ist es so?"

„Nein."

„Gut. Ich glaube dir. Ich weiß ganz bestimmt, daß du ,ja' gesagt hättest, wenn du's hättest sagen können. Und daß du dies ehrliche ,Nein' sagen kannst, das ist schön von dir und läßt mich aufs neue sehen, eine wie gute Wahl ich getroffen. Und nun soll es an bloßen Einbildungen scheitern. *Ich* bin aus den Vorurteilen heraus, und nun willst *du* sie haben. Ich beschwöre dich, Stine, mache dich frei davon, und vor allem entschlage dich deiner Ängstlichkeiten."

Stine schüttelte den Kopf.

„Es soll also nichts mit uns werden?"

„Es kann nicht."

„Und alles soll bloß ein Sommerspiel gewesen sein?"

„Es muß."

„Und es kommt dir nicht der Gedanke, daß mir dies alles das Leben bedeuten könnte?"

„Um Gottes willen, Waldemar!"

„Ich will keine Ausrufe, ich will eine Antwort. Ein ‚Ja‘, kurz und bestimmt, und dann fort, fort. Sprich, Stine, du weißt, was ich bitte. Willst du?"

„Nein."

Und sie stürzte weinend an ihm vorüber. Er hielt sie aber fest und sagte: „Stine, *so* wollen wir nicht scheiden. Ein ‚Nein‘ soll nicht dein letztes Wort gewesen sein. Setze dich nieder und sieh mich an. Und nun sage mir: Hast du mich wirklich geliebt?"

„Ja."

„Von Herzen?"

„Von ganzem Herzen."

Und das Krampfschluchzen, unter dem sie sprach, ging in eine Ohnmacht über.

Als sie wieder zu sich kam, war sie allein.

FÜNFZEHNTES KAPITEL

Waldemar ging nach rechts auf das Oranienburger
Tor zu, weil ihm darum zu tun war, in einem an
der Ecke der Linden und Friedrichsstraße gelegenen
Bankhause verschiedene geschäftliche Dinge zum
Abschluß zu bringen. Aber in der Nähe der Wei-
dendammer Brücke fiel ihm ein, daß die Bureaus
sehr wahrscheinlich schon geschlossen seien, weshalb
er seinen Stadtgang aufgab, um sich in seine dicht
hinter dem Generalstabsgebäude gelegene Wohnung
zurückzubegeben. Er war durch ebendiese Wohnung
Nachbar von Moltke, welche Nachbarschaft er gern
hervorhob und in Ernst und Scherz zu versichern
liebte: „Man kann nicht besser aufgehoben sein als
gerade da. Wer für die große Sicherheit so zu sorgen
weiß, der sorgt auch für die kleine."

Von der Dorotheenstädtischen Kirche her schlug
es fünf, als unser zu Betrachtungen derart nur zu
geneigter Freund in den Schiffbauerdamm einbog,
und ehe noch die Turmuhr ausgeschlagen hatte,
schlugen die kleinen Uhren nach, die sich in ziemlich
beträchtlicher Zahl an der Wasser- und Rückfront
der jenseitigen Fabrikgebäude befanden. Er zählte
die Schläge, musterte den Kai hüben und drüben
und freute sich des regen und doch stillen Lebens,
das hier überall auf und ab wogte. Nichts entging
ihm, auch nicht das Treiben auf den Kähnen, an
deren Tauen und Strickleitern und mitunter auch
auf quergelegten Ruderstangen allerlei Wäsche zum
Trocknen hing, und erst, als er unter langsamem
Weiterschlendern die Graefsche Klinik im Rücken
hatte, ließ er von dem Beobachten ab und ging ra-
scheren Schrittes auf die Unterbaumbrücke zu. Hier
hielt er wieder und betrachtete die bronzenen Kan-
delaber, die, weil sie noch keine Patina hatten, in

der schrägstehenden Sonne prächtig blitzten und flimmerten. „Wie hübsch das alles ist. Ja, es kommen bessere Tage. Nur ... wer's erlebt. Qui vivra, verra ..." Und er brach ab und sah von der Brückenwölbung auf die tief unten am Kai sich hinziehenden Weiden, aus deren graugrünem Blattwerk einige tote Äste wie Besen hervorragten. Es waren seine Lieblinge, diese Bäume. „Halb abgestorben und immer noch grün."

Endlich war er vom Kronprinzenufer und der Alsenstraße her bis an den reizenden mit Bosketts und Blumenbeeten und dazwischen wieder mit Marmorbildern und Springbrunnen geschmückten Square gekommen, der dem Königsplatze vorgelegen, einen Teil desselben ausmacht und doch auch wieder sich von ihm scheidet. Eine frische Brise ging und milderte die Hitze, von den Beeten aber kam ein feiner Duft von Reseda herüber, während drüben bei Kroll das Konzert eben anhob. Unser Kranker sog das alles in vollen Zügen ein, Duft und Melodie: „Wie lange, daß ich nicht so frei geatmet habe. ‚Königin, das Leben ist doch schön' — unsterbliches Wort eines optimistischen Marquis, und ein pessimistisches Gräflein plappert es ihm nach."

Nun schwieg die Musik drüben, und Waldemar, während er zwischen den großen Rundellen auf und ab schlenderte, musterte zugleich die Figuren, die hier mit Hilfe von Sternblumen und roten Verbenen in den Rasen eingezeichnet waren; endlich aber ging er auf eine Bank zu, die, von allerlei dicht dahinterstehendem Strauchwerk überwachsen, einen vollen Schatten gewährte. Da nahm er Platz; denn er war müde geworden. Das viele Gehen in der Hitze hatte seine Kräfte verzehrt, und so schloß er unwillkürlich die Augen und fiel in Traum und Vergessen. Als er wieder erwachte, wußte er nicht,

ob es Schlaf oder Ohnmacht gewesen; „ich glaube,
so kommt der Tod", und erst allmählich fand er sich
wieder zurecht und bemerkte nun ein Marienwürm-
chen, das sich ihm auf die Hand gesetzt hatte. Da
blieb es und kroch hin und her, trotzdem er schüttelte und pustete. „Einen wie feinen Instinkt die
Tiere haben; es weiß, daß es sicher ist." Endlich
aber flog es doch fort, und Waldemar, sich vorbeu-
gend von seiner Bank, begann jetzt, allerlei Figuren
in den Sand zu zeichnen, ohne recht zu wissen, was
er tat. Als er sich's aber bewußt wurde, sah er, daß
es Halbkreise waren, die sich, erst enge, dann immer weiter und größer um seine Stiefelspitze her-
umzogen. „Unwillkürliches Symbol meiner Tage.
Halbkreise! Kein Abschluß, keine Rundung, kein
Vollbringen . . . Halb, halb . . . Und wenn ich nun
einen Querstrich ziehe" (und er zog ihn wirklich),
„so hat das Halbe freilich seinen Abschluß, aber die
rechte Rundung kommt nicht heraus."

In solche Gedanken verloren, saß er noch eine
Weile. Dann stand er auf und ging auf seine Wohnung zu.

Diese, gleich zu Beginn der Zeltenstraße, bestand
aus einem zwei Treppen hoch gelegenen Front- und
Hinterzimmer, von denen jenes auf die Parkbäume
des Krollschen Gartens, dieses auf eine grasbewach-
sene, bis hart an die Spree sich hinziehende Bau-
stelle sah. Dahinter die roten Dächer von Moabit,
und weiter links der grüne Saum der Jungfernheide. Waldemar liebte diesen Blick, und so kam es,
daß er das Zimmer, darin er schlief, zugleich zu
seinem Wohn- und Arbeitszimmer gemacht und
ein altdeutsches Zylinderbureau darin aufgestellt
hatte.

Er hielt sich auch heute nicht in dem Vorderzimmer auf, vertauschte den engen Rock mit einem

leichten Jackett und trat an das Fenster seines Schlafzimmers. Die Sonne war im Niedergehen, und er entsann sich jenes Tages, als er von Stines Fenster aus dasselbe Sonnenuntergangsbild vor Augen gehabt hatte ... „Wie damals", sprach er vor sich hin. Und er sah in die röter werdende Glut, bis endlich der Ball gesunken und volle Dämmerung um ihn her war.

Auf seinem Schreibzeug lag ein kleiner Revolver, zierlich und mit Elfenbeingriff. Er nahm ihn in die Hand und sagte: „Spielzeug. Und tut es am Ende doch. Bei gutem Willen ist viel möglich; ‚mit einer bloßen Nadel', sagt Hamlet, und er hat recht. Aber ich kann es nicht. Es ist mir, als wäre hier noch alles weh und wund oder doch eben erst vernarbt. Nein, ich erschrecke davor, trotzdem ich wohl fühle, daß es standesgemäßer und Haldernscher wäre. Doch, was tut's! Die Halderns, die mir schon so viel zu vergeben haben, werden mir auch *das* noch verzeihen müssen. Ich habe nicht Zeit, mich über Punkte wie diese zu grämen."

Und er legte den Revolver wieder aus der Hand.

„Ich muß es also anders versuchen", fuhr er nach einer Weile fort. „Und schließlich warum nicht? Ist die Blame denn gar so groß? Kaum. Es finden sich am Ende ganz reputierliche Kameraden. Aber welche? Ich war nie groß im Historischen (überhaupt worin), und nun versagen mir die Beispiele. Hannibal ... Weiter komm ich nicht. Indessen, er kann genügen. Und es werden gewiß noch ein paar sein."

Während er so sprach, zog er eins der unteren Schubfächer in seinem Schreibtisch auf und suchte nach einem Schächtelchen. Als er's endlich hatte, fiel er wieder in Betrachtungen. „Auch klein. Noch kleiner als das Spielzeug da. Und doch genug. Es ist ein

Ersparnis aus alten Zeiten her, und mein Vorgefühl war richtig, als ich mir's damals sammelte."

Bei diesen Worten stand er auf, stellte sich eine noch aus dem Süden mitgebrachte römische Lampe zurecht und nahm, als er die vier kleinen Dochte derselben angezündet hatte, Kuverts und Briefbogen aus einer vor ihm liegenden Schreibmappe.

Dann schrieb er:

„Mein lieber Onkel! Wenn Du diese Zeilen erhältst, sind alle Wirrnisse gelöst. Etwas gewaltsam. Aber das ist gleich. Es wird Dir obliegen, und jedenfalls bitte ich Dich darum, das Geschehene nach Groß-Haldern hin zu melden. Was über mich entschied, war, wie Du bei Eintreffen dieser Zeilen vielleicht schon wissen, jedenfalls aber sehr bald erfahren wirst, der Widerstand von ganz anderer und sehr unerwarteter Seite her. Und so kam, was kam. Ich klage niemanden an; ist wer schuldig, so bin *ich* es. Das gute Kind hatte nur zu recht, mich auszuschlagen; aber ich war nicht mehr stark genug, mich drein zu ergeben. Auf dem letzten Blatt meines Notizbuches hab ich über mein Erbteil von meiner Mutter Seite her verfügt. Ich hoffe, sagen zu können, verfügt auch unter schuldiger Rücksicht gegen die Halderns. Überweise das Blatt an Justizrat Erbkamm; er wird danach verfahren. Allerdings weiß ich, daß *sie*, der diese Festsetzungen zugute kommen und als ein Ausdruck meines Dankes gelten sollen, alles ablehnen wird; aber sorge dafür, daß ihr ein bestimmter Teil gesichert bleibt, auch *gegen* ihren Willen. Ein Wille kann sich ändern, und es beglückt mich die Vorstellung, vielleicht noch einmal, und wenn es nach vielen Jahren wäre, da helfen und wohltun zu können, wo mir's leider, wenn auch absichtslos, beschieden war, ein Herz zu beschweren und ihm wehe zu tun. An meinen Vater schreib ich nicht; ich wünsche Auseinandersetzungen zu vermeiden. Meine Sache kann ich in keine besseren Hände legen als in die Deinen, denn ich weiß wohl, was ich, trotz alledem und alledem, an Dir hatte. So wenig Haldernsch ich vielleicht war, so wünsch ich doch, in der Haldernschen Gruft zu stehen. Dies mein Letztes. Deiner freundlichen Erinnerung bin ich gewiß.

Dein Waldemar."

Er schob das Blatt beiseite, legte die Feder nieder und fuhr sich über Aug' und Stirn.

„Und nun das letzte."

Und er nahm einen zweiten Bogen und schrieb:

„Meine liebe Stine! Du wolltest nicht den weiten Weg mit mir machen, und so mache ich den weiteren. Ich glaube, was Du tatest, war richtig, und ich hoffe *das*, womit ich nun abschließe, soll es auch sein. Es gibt oft nur *ein* Mittel, alles wieder in Ordnung zu bringen. Vor allem klage Dich nicht an. Die Stunden, die wir zusammen verlebten, waren, vom ersten Tage an, Sonnenuntergangsstunden, und dabei ist es geblieben. Aber es waren doch glückliche Stunden. Ich danke Dir für alle Freundlichkeit und Liebe. Mein Leben hat doch nun einen Inhalt gehabt. ‚Vergiß mich' — das darf ich nicht sagen, es käme mir nicht von Herzen und wär auch töricht; denn ich weiß, Du wirst es nicht und kannst es nicht. So denn also: gedenke mein. Aber gedenke meiner freundlich und vor allem verzichte nicht auf Hoffnung und Glück, weil *ich* darauf verzichtete. Lebe wohl. Ich schulde Dir das Beste.

Dein Waldemar."

Als er beide Briefe kuvertiert hatte, warf er sich in den Stuhl zurück, und die freundlichen Bilder, die dieser Sommer ihm gebracht hatte, zogen noch einmal an seiner Seele vorüber. So wenigstens schien

es, denn er lächelte. Dann aber nahm er das bereit-
gestellte Schächtelchen und schob das Innenkästchen
aus der äußeren Hülse heraus. Es ging schwer, und
man konnte sehen, daß er lange daran gesammelt
und immer neue Käpselchen hineingezwängt hatte.
„Schlafpulver! Ja, ich wußte, daß eure Stunde kommen würde." Und nun brach er die Kapseln einzeln
auf und tat ihren Inhalt, langsam und sorglich, in
ein kleines, halb mit Wasser gefülltes Rubinglas.
„So, das *ist* es." Und während er das Glas hob und
wieder niedersetzte, trat er noch einmal ans Fenster
und sah hinaus. Der Mond, eine schwache Sichel,
war aufgegangen und schüttete sein Licht über den
Fluß und weit jenseit desselben über Feld und Wald.

„Es ist hell genug... Und ich mag auch die
Lampe nicht brennen und erst gegen Morgen ver-
löschen und verschwelen lassen, als hätt ich abge-
schlossen bei Rausch und Gelage. *Mein* Leben ein
Bacchanal!"

Und er löschte die Lichter und trank. Und dann
nahm er seinen Platz wieder ein und lehnte sich zurück und schloß die Augen.

SECHZEHNTES KAPITEL

Den dritten Tag danach war von Mittag ab ein stil-
les, aber rühriges Treiben auf dem Bahnhofe von
Klein-Haldern. Eine dicht neben dem Stationshause
befindliche Pforte wurde mit Tannenzweigen um-
wunden, Oleander und Lorbeerbäume standen, eine
Hecke bildend, in Front, und an dem Querbalken
der Pforte hing ein großer Immortellenkranz, dessen Öffnung das Haldernsche Wappen zeigte. Hinter dem Stationshause hielten mehrere herrschaft-

liche Wagen, die Kutscher mit einem Trauerflor um den Hut, in einem als Ausläufer des Perrons sich hinziehenden Gartenstreifen aber schritten ein Dutzend schwarzgekleidete Personen auf und ab, Dorfleute von mittleren Jahren, und sprachen ernst und leise miteinander.

Drei Uhr dreißig kam der Zug. „Haldern", „Klein-Haldern", riefen die Schaffner und öffneten ein paar Coupés, aus denen verschiedene Personen ausstiegen: zunächst ein alter Geistlicher von besonderer Würde, dem man seines Amtes und seiner Jahre halber den Vorrang gönnte, dann ein Oberst mit seinem Adjutanten und endlich mehrere reichbordierte Herren, die selbst der Klein-Haldener Stationsbeamte nicht kannte. Die Hüte mit Federbüschen aber und mehr noch der ausgesuchte Respekt, mit dem ihnen selbst von seiten des Obersten begegnet wurde, ließen keinen Zweifel darüber, daß es, wenn nicht Prinzlichkeiten, so doch Personen vom Hof oder vielleicht auch hohe Ministerialbeamte sein mußten. Alle gingen auf den Ausgang zu, vor dem die Wagen im selben Augenblicke vorfuhren, und eine Minute später sah man nichts mehr als eine Staubwolke, die sich, immer dichter werdend, auf dem halbchaussierten Fahrwege dem nächsten Dorfe zu bewegte.

Während diese Szene sich in Front des Stationsgebäudes abspielte, wurde weiter abwärts im Zuge die große Schiebetür des letzten Wagens geöffnet und von innen her ein Sarg herausgehoben, den jetzt sechs Träger aus der Zahl derer, die bis dahin im Garten auf und ab marschiert waren, in Empfang nahmen und auf ihre Schultern hoben; andere sechs gingen zur Ablösung nebenher, und was sonst noch auf dem Bahnhof war, folgte. Solange dieser Zug den auf eine kurze Strecke zur Seite des Bahnkörpers hinlaufenden Fahrweg innehielt, war alles still; im selben Augenblicke aber, wo Sarg und Träger von ebendiesem Fahrweg her in eine Kirschallee einbogen, die von hier aus geradlinig auf das nur fünfhundert Schritt entfernte Klein-Haldern zuführte, begann die Klein-Haldernsche Schulglocke zu läuten, eine kleine Bimmelglocke, die wenig feierlich klang und doch mit ihren kurzen, scharfen Schlägen wie eine Wohltat empfunden wurde, weil sie das bedrückende Schweigen unterbrach, das bis dahin geherrscht hatte.

So ging es nach Klein-Haldern hinein, ohne daß man etwas anderes als die Schulglocke gehört hätte; kaum aber, daß man nach Passierung der Schmiede — mit der das Dorf nach der andern Seite hin abschloß — in die von Klein-Haldern nach Groß-Haldern hinüberführende, beinah laubenartig zusammengewachsene Rüsterallee einmündete, so nahm auch schon ein allgemeines Läuten, daran sich die ganze Gegend beteiligte, seinen Anfang. Die Groß-Halderner Glocke, die sie die Türkenglocke nannten, weil sie von Geschützen gegossen war, die Matthias von Haldern aus dem Türkenkriege mit heimgebracht hatte, leitete das Läuten ein; aber ehe sie noch ihre ersten fünf Schläge tun konnte, fielen auch schon die Glocken von Crampnitz und Wittenhagen ein und die von Orthwig und Nassenheide folgten. Es war, als läuteten Himmel und Erde.

Halben Wegs zwischen den Dörfern lief ein Grenzgraben, über den eine steinerne Brücke führte. Jenseits dieser Brücke betrat man die Groß-Halderner Feldmark, und hier begann denn auch das Spalier, das alt und jung auf dieser letzten Wegstrecke gebildet hatte. Den Anfang machten die Schulen. Danach kamen die Kriegervereine mit einem Trompeterkorps aus der nächsten kleinen

Garnison, und immer, wenn die Träger an einer Sektion vorüber waren, schwenkte diese dreigliedrig ein und folgte mit „Jesus, meine Zuversicht". Am Schluß aber marschierten ein paar Dreizehner Veteranen mit der alten Kriegsdenkmünze, lauter Achtziger, die den Kopf schüttelten, niemand wußte zu sagen, ob vor Alter oder über den Lauf der Welt. Und so ging es nach Groß-Haldern hinein, an dem alten Giebelschlosse vorüber und unmittelbar auf die Feldsteinkirche zu, die, höher gelegen als das sie umgebende Dorf, von terrassenförmig ansteigenden und um diese Jahreszeit dicht in Blumen stehenden Gräberreihen eingefaßt wurde. Vor dem kleinen Rundbogenportale stand der Dorfgeistliche, neben ihm zwei Amtsbrüder, und empfing den Toten an geweihter Stätte. Zugleich setzten die Träger den Sarg nieder, auf den jetzt zunächst Palmenzweige gelegt wurden, und trugen ihn, als dies geschehen, den Mittelgang hinauf bis vor den Altar. Hier stand der alte Generalsuperintendent, der von Berlin aus mitgekommen war, um die Parentation zu halten; die großen Lichter brannten, und ihr dünner Rauch wirbelte neben dem großen, halbverblakten Altarbilde auf. Es stellte den verlorenen Sohn dar. Aber nicht bei seiner Heimkehr, sondern in seinem Elend und seiner Verlassenheit.

Die Kirche hatte sich, als der Sarg unmittelbar über der Gruftsenkung niedergelassen war, auf all ihren Plätzen gefüllt, und auch die seit dem Tode Friedrich Wilhelms IV. sonntäglich meist leerstehende herrschaftliche Loge, *heute* war sie besetzt. In Front erblickte man den alten Grafen, Waldemars Vater, in grauem Toupet und Johanniterkreuz, neben ihm in tiefer und soignierter Trauer die Stiefmutter des Toten, eine noch schöne Frau, die, was geschehen war, lediglich vom Standpunkte des

„Affronts" aus ansah und mit Hilfe dieser Anschauung über die vorschriftsmäßige Trauer mit beinahe mehr als standesgemäßer Würde hinwegkam. Hinter ihr der jüngere Sohn (ihr eigener), Graf Konstantin, dem der ältere Bruder, um das mindeste zu sagen, in nicht unerwünschter Weise Platz gemacht hatte. Seine Haltung war untadelig und gleichfalls von bemerkenswerter Gefaßtheit, ohne die der Mutter ganz erreichen zu können. Ein langes Lied, das teilweis in allerkräftigsten Wendungen allem Erdendunkel einen Riegel vorzuschieben trachtete, wurde gesungen; dann sprach der alte Generalsuperintendent schöne, tiefempfundene Worte — tiefempfundene, weil ihn im eigenen Hause schwerste Schicksalsschläge getroffen hatten —, und als er nun vortrat und den Segen sprach und nach dem Singen des letzten Verses der Ton der Orgel nur noch leise nachzitterte, senkte sich der Sarg mit all den Kränzen, die ganz zuletzt noch auf ihn gehäuft worden waren, in die Gruft hernieder.

Eine tiefe Stille trat ein, und die fremden Gäste steckten eben die Köpfe zum Schlußgebet in den Hut, als man hinter einem der Pfeiler ein heftiges und beinahe krampfhaftes Schluchzen hörte. Die Gräfin sah empört nach der Stelle hin, von der es kam; aber der deckunggebende Pfeiler ließ glücklicherweise nicht erkennen, wer die Anmaßung gehabt hatte, ergriffener sein zu wollen als sie.

Stine, die die Fahrt nach Klein-Haldern schon mit dem Vormittagszuge gemacht und sich, um die Zwischenzeit hinzubringen, eine Stunde lang und länger am Außenrande des Groß-Halderner Parkes und dann wieder auf dem angrenzenden Wiesengrunde, wo sie dem Vieh, das hier weidete, zusah, verweilt hatte, war unter den letzten, die die Kirche verließen. Sie hielt sich abseits, ging noch eine Weile zwischen den Gräbern auf und ab und trat dann langsam ihren Rückweg nach dem Klein-Halderner Bahnhof hin an. Alles war still, es klangen keine Glocken mehr, und sie hörte nichts als die Lerchen, die mit ihrem Tirili aus der ringsumher in Garben stehenden Mahd in die Luft emporstiegen. Eine stieg höher als die andere, und sie sah ihr nach, bis sie hoch oben im Blau verschwunden war. „In den Himmel ... Ach, wer ihr folgen könnte ... Leben; leben müssen ..." Und im Übermaß schmerzlicher Erregung und einer Ohnmacht nahe, setzte sie sich auf einen Stein am Weg und barg ihre Stirn in der Hand.

Als sie sich nach einer Weile wieder erhob und ihren Weg inmitten der Fahrstraße fortsetzen wollte, hörte sie, daß in ihrem Rücken, von Groß-Haldern her, ein Wagen in raschem Trabe herankam. Und sich umwendend, sah sie, daß es dieselben Personen waren, die während der Trauerfeier mit in dem herrschaftlichen Kirchenstuhle gesessen hatten. In dem letzten Wagen aber saß Waldemars Oheim, den Sommerüberzieher zurückgeschlagen, so daß man das große blaue Ordensband, das des schwedischen Seraphinenordens, in aller Deutlichkeit erkennen konnte. Stine wollte nicht gesehen sein und trat mit halber Wendung zur Seite; der alte Graf aber hatte sie schon von fernher erkannt, und einer flüchtig in ihm aufsteigenden Verlegenheit rasch Herr werdend, erhob er sich im Wagen und lud sie durch eine freundlich-verbindliche Handbewegung zum Einsteigen ein. Über Stines Züge ging ein Leuchten, das der schönste Dank für des alten Grafen bei Gelegenheiten wie diese *nie* versagende Ritterlichkeit war; aber zugleich schüttelte sie den Kopf und ging unter gelegentlichem Verweilen und sich dadurch absichtlich verspätend auf Klein-Haldern zu, von dessen Kirschallee aus sie bald danach die weiße Dampfwolke des auf die Hauptstadt zueilenden Zuges sah. Eine Stunde später, soviel wußte sie, kam ein zweiter Zug, und bis dahin allein zu sein war ihr keinenfalls unwillkommen, ja recht eigentlich das, wonach sie sich sehnte.

Dazu ward ihr nun freilich mehr Gelegenheit, als ihr lieb war. Die Zeit wollte nicht enden, und sie sah unausgesetzt den langen Schienenweg hinauf, immer nach der einen Seite hin, von der der Zug kommen mußte. Vergebens, er schien ausbleiben zu wollen. Und doch war sie todmüde von Erregung und Anstrengung und fror und ihre Füße trugen sie kaum noch. Endlich aber sah sie, daß die Signale gezogen wurden, und bald danach auch, daß die großen Feueraugen immer näher und näher kamen. Und nun Halt. Eine Coupétür wurde geöffnet, und rasch einsteigend drückte sie sich, Wärme halber, in eine der Ecken und zog ihre Mantille fester um ihre Schultern. Aber es half zu nichts, und ein Fieber schüttelte sie, während der Zug nach Berlin weiterdampfte.

„Stine, Kind, wie siehst du denn aus! Dir sitzt ja der Dod um die Nase." So waren die Worte, womit die schon lange am ersten Treppengeländer wartende Witwe Pittelkow ihr Stinechen empfing und nicht zuließ, daß sie noch höher hinauf in die Polzinsche Wohnung stiege.

„Komm, Kind, und leg dich man gleich hier aufs Bett. Na, ich sage . . . War's denn so doll? Oder haben sie dich geschubst? Oder haben sie dich wegjagen wollen? Oder *er* vielleicht? Na, dann erlebt er was, dann jag ich ihn zum Deibel. Olga, Baby, wo bist du denn? Uff, sag ich, un mache Feuer. Un

wenn's kocht, rufst du mir. Hörst du? . . . Jott,
Stine, du bibberst ja man so. Was haben se dir denn
gedhan?" Und dabei knöpfte sie der Schwester das
Kleid auf und schob ihr Kissen unter und deckte sie
mit zwei Deckbetten zu.

Nach einer halben Stunde hatte sich Stine so weit
erholt, daß sie sprechen konnte.

„Na, nu wird es ja wieder", sagte Pauline. „Wenn
die Mühle erst wieder geht, is auch wieder Wind da.
Kind, dir war ja die Puste reine weg, un ich dachte
schon, nu stirbt die *auch* noch."

Stine nahm ihrer Schwester Hand, klopfte und
streichelte sie und sagte: „Ich wollte, es wäre so."

„Ach, rede doch nich so, Stine. Du wirst ja schon
wieder werden. Un bei allens is auch wieder 'n
Glück. Jott, er war ja soweit ganz gut und eigentlich
ein anständiger Mensch, un nich so wie der Olle, der
ans Ganze schuld is; warum hat er'n mitgebracht?
Aber viel los war nich mit ihm; er war doch man
miesig."

Stine fühlte sich unter der Schwester Guttat er-
leichtert, und die Tränen rannen ihr übers Gesicht.

„Weine man, Stinechen, weine man orntlich.
Wenn's erst wieder drippelt, is es schon halb vorbei,
grade wie bei's Gewitter. Un nu trink noch ne Tasse
. . . Olga, wo bist du denn? Ich glaube, die Jöhre
schnarcht schon wieder . . . Un nächsten Sonntag is
Sedan, da machen wir auf nach'n Finkenkrug un
fahren Karussell und würfeln. Un dann würfelst du
wieder alle zwölfe."

Die Polzin hatte horchend am Treppengeländer
oben gestanden und mit nur zu geübtem Ohre jedes
der Worte gehört, womit die Pittelkow ihr Stinechen unten an der Korridortür empfangen hatte.
Gleich danach aber, als sie die Tür unten ins Schloß

114

fallen hörte, war sie wieder in ihre Stube gegangen, wo sich Polzin eben zu seiner Nachttoilette rüstete. Von einer solchen ließ sich wirklich sprechen, denn er trug, weil er andauernd an einem trockenen Husten litt, auch beim Zubettgehen eine schwarze, mit einem dicken Tuchstreifen gefütterte Militärkrawatte.

„Nu", frug er, während er eben das Leder in die Schnalle schob. „Is sie heil wieder da?"

„Heil? Was heißt heil? *Die* wird nich wieder."

„Is eigentlich schade drum."

„I wo. Gar nich ... Das kommt davon."

NACHWORT

Wir sind gewohnt, ihn den „alten Fontane" zu nennen. Vor allem seit Thomas Mann einen Aufsatz unter diesem Titel geschrieben und Fontane darin eine von den Naturen genannt hat, denen allein das Greisenalter angemessen scheint — im Gegensatz zu den geborenen Jünglingen und Frühvollendeten —, ist jenes Beiwort zu einem festen Bestandteil seines Dichternamens geworden. Sein späterer Biograph Wandrey hat den 2. August 1876, als Fontane die Arbeit an dem schon 1863 begonnenen Roman *Vor dem Sturm* entschieden wiederaufnahm, das Geburtsdatum des Romanschriftstellers genannt. Er selbst hatte sich ähnlich einmal über diesen Moment geäußert — damals aber war er 57 Jahre alt, und alles, was heute seinen Ruhm ausmacht, sollte erst in den folgenden zwei Jahrzehnten entstehen, die Gipfel sollten mit dem 68. Lebensjahr erreicht werden, ein volles dichterisches Werk sollte sich rein als Alterswerk entfalten.

Gewiß gab es Vorbereitung. Die Jugend unter den Einflüssen eines geschichtenerzählenden, so liebenswerten wie unökonomischen Vaters und einer calvinistisch lebensstrengen Mutter, seine unsystematische, oft mit Anekdoten betriebene Schulbildung und ebenso die Jahre der Lehre und des ersten Berufs hat Fontane selbst in ein gewisses Wirkungsverhältnis zu seiner Schriftstellerexistenz gerückt. Auch die französische Herkunft der Familie wird gerne als bedeutend für den späteren Causeur, den Romancier und Gesellschaftsschilderer angesehen. Aber als Jüngling schrieb Fontane ganz im Gegensatz dazu bewegte Verse, war Mitglied von Lenau- und Platen-Vereinigungen, verehrte Herwegh und wurde Apotheker wie der Vater. Mehr als dreizehn Jahre blieb er ein tüchtiger

Pharmazeut, der zwar stets nach der hohen Literatur schielte und in der Dichtkunst dilettierte, aber eigentlich nur einmal den zaghaften Ansatz machte, sein Leben ganz auf das Schreiben zu stellen. Dabei hatte er in der Berliner (sogenannten) Künstlervereinigung „Der Tunnel" zwischen Offizieren und adligen Assessoren eine große Zeit als Balladendichter und Verfasser von Preußenliedern. Aber als er 1849 in einer ersten Wende seines Lebens endgültig vom Rezeptiertisch an den Schreibtisch überwechselte, wurde er doch kein Poet, sondern nur ein Journalist mit der ganzen Unsicherheit dieses sich damals erst herausbildenden Berufes. Während der folgenden Jahre — in Deutschland zog die literarische Epoche des bürgerlichen Realismus herauf — entfernte er sich unter dem Gesetz auch der journalistischen Arbeit mehr und mehr von der anspruchsvollen Lyrik, den ehrgeizigen Dramenplänen und dem Projekt etwa eines National-epos. Gegenüber dem gewohnten erhabenen Dichterideal mußte er diese Entwicklung zunächst als Opfer und Entsagung verstehen: „Ich bin kein Genie. In Erwägung dessen werde ich einen bescheideneren Kurs innehalten." Was in solchen und ähnlichen Äußerungen oft einer Absage an die Dichtung gleichklingt, diese Bescheidenheitswendung von der „Poesie" zur „Prosa" des Lebens und der Literatur bedeutete in Wirklichkeit nur das Herauswachsen des realistischen Romanciers — auch im Sinne eines neueren Dichtertyps. 1853 schrieb er, von Jugendversuchen abgesehen, seine erste Novelle: *Tuch und Locke.* Die journalistische Tätigkeit mit ihrer Stoffnähe und ihrem kritischen Beobachten, die Einblicke des Korrespondenten Fontane in die Londoner Gesellschaft und der Kontakt mit der preußischen Ministerialbürokratie und Adelswelt schufen in der nächsten Zeit weiter am Fundus seiner Welt- und Lebenserfahrung. Als seit 1862 die *Wanderungen durch die Mark Brandenburg* erschienen, eigentlich eine Journalistenarbeit und vollgepackt mit

Geschichte und Geschichten, lieferte Fontane damit schon das Muster einer realistischen Reisebeschreibung, sehr verschieden von den subjektiv-intimeren Reisebildern der vorhergehenden Literatur. Mit dem durchaus krisenhaften Durchbruch des Jahres 1876 endlich, jenem späten Bewußtwerden des Dichters Fontane, war dann die Entwicklung von den herkömmlich idealeren zu den realistischen Gegenständen, war die Hinneigung zum geringen Helden, zum Milieu und zum Gesellschaftsleben, waren ebenso die Distanz vom hohen Stil und die Entscheidung für den Prosaroman endgültig vollzogen. Da also erst war der Romanschriftsteller Fontane geboren, dessen erzählerisches Vermögen so ganz unter die Vorzeichen der Altersstufe gerückt war.

Zu dieser Altersstufe gehört nicht nur die Gunst des Rückschauens und des Erinnerns, die den krausen Weltstoff in episches Gleichgewicht setzt, sondern die Reife brachte für Fontane auch Klugheit und eine hellsichtigheitere Resignation. Ihm wuchs in dieser Spätzeit seines Lebens eine humane Ironie zu, die sich bei Spannungen und Dogmen in dem berühmten „heiteren Darüberstehen" bewies, die jedoch Tiefen und Unauflösbares eher mit Weisheit durchdrang. Aus solcher Gelöstheit und Altersskepsis, die stets die Bedingtheit der eigenen Person und Leistung einbezog, entstand auch zu *Stine* gelegentlich einmal folgende Widmung:

> „Will Dir unter den Puppen allen
> Grade ‚Stine' nicht recht gefallen,
> Wisse, ich finde sie selbst nur so so,
> Aber die Witwe Pittelkow!
> Graf, Baron und andere Gäste,
> Nebenfiguren sind immer das Beste,
> Kartoffelkomödie, Puppenspiel,
> Und der Seiten nicht allzuviel.
> Was auch deine Fehler sind,
> Finde Nachsicht, armes Kind!"

Worauf gründen sich diese anscheinend wenig einnehmenden Knittelverse? *Stine* war in den achtziger Jahren als ein Pendant zu *Irrungen Wirrungen* entworfen, war mit vielen Übereinstimmungen neben und nach diesem anderen Roman gearbeitet worden, der früh als einer der bedeutendsten Würfe Fontanes galt und so das schmalere Werk leicht in den Schatten stellte. In beiden faßte Fontane erstmals aus der Berliner Gesellschaft verschiedene soziale Schichten zusammen und bezog daraus auch den gleichen Konfliktstoff: die Liebe zwischen einem adligen Offizier und einem Mädchen niederen Standes. Aber *Irrungen Wirrungen* ist welthaltiger und breiter angelegt, und Lene und Botho, das Liebespaar dieses Romans, sind im Gegensatz zu Stine und Waldemar ein gesundes Paar, das seinen glücklichen Sommer erlebt und danach auf eine untragische, also gleichsam „realistischere" Weise auseinandergeht — ein Umstand, der für die zeitgenössischen Bewertungen nicht unwichtig blieb. Fontane selbst war schnell bereit zu bestätigen, Lene sei „berlinischer, gesünder, sympathischer" und auch als Figur könne Stine neben ihr nicht bestehen. Darüber hinaus stellten sich Schwierigkeiten bei der Veröffentlichung ein, nachdem schon der Vorabdruck von *Irrungen Wirrungen* wegen der Darstellung „freier Verhältnisse" einigen Staub aufgewirbelt hatte und das zweite Werk gewiß ja noch weniger „für den Familientisch mit eben eingesegneten Töchtern" geeignet schien.

So haftet also der Schwenkung weg von der Stine-Waldemar-Geschichte und hin zu Pittelkow und Sarastro, die Fontane gern „zu den besten Figuren" seiner „Gesamtproduktion" rechnete, möglicherweise einige Subjektivität an. Doch muß die künstlerische Leistung nicht geringer sein, weil Altersklugheit und bürgerlicher Bewahrungswille nachträglich das Kränkliche und Untergehende scheute. Fontane wußte andererseits nämlich sehr genau, daß „der psychologische Prozeß, Vorgang und

Ton" in *Stine* richtig getroffen waren und daß jene „angekränkelte Sentimentalwelt", die „Stubenluft" um die Titelfigur, ihm gut geraten war. Wie sich diese eigentümliche Glückssphäre um Stine bei ihrem ersten Gespräch mit Waldemar aus dem Kontrastrahmen der zynischwindigen Polzin-Glossen hebt, das ist in der Tat auch mit einer großen Kunstfertigkeit angelegt. Und im Falle Waldemars ist die Botho-Figur eigentlich gründlich zu vergessen, wenn seine Kranken-Psychographie gerecht beurteilt werden soll. Dieser junge Offizier, der sagt: „Ich bin krank und ohne Sinn für das, was die Glücklichen und Gesunden ihre Zerstreuung nennen", und der dann gleich darauf „von nichts als von der Schönheit" eines Sonnenuntergangs „hingenommen" ist, dieser feinnervige und todesselige Waldemar stellt schon gleichsam einen Übergang zu Thomas Mann und zur Dekadenzthematik der Jahrhundertwende dar.

Hinzu kommt — „und der Seiten nicht allzuviel" — der Unterschied zwischen einer mehr romanhaften und einer novellennäheren Form. Er wird berührt, wenn Fontane über *Stine* schreibt: „Es ist nicht ein so breites, weite Kreise umfassendes Stadt- und Lebensbild wie ‚Irrungen Wirrungen', aber an den entscheidenden Stellen energischer, wirkungsvoller." *Stine* war mehr als Novelle konzipiert, die Liebesgeschichte hat deutlich novellistischen Charakter, ihre tragischen Elemente drängen zur kürzeren, strafferen Erzählform. Auch läßt sich, wie diese Liebesgeschichte in den fünf Gesprächen der Kapitel 10 bis 14 zwischen jeweils zwei Personen zur Katastrophe entwickelt ist — Peripetie und retardierendes Moment stehen genau am Ort —, mit gewissen Aufbauschemata des klassischen Dramas vergleichen, was an die zeitübliche Verlagerung des Tragischen aus dem Drama in die Novellenform erinnert.

Aber gerade dieses Tragisch-Unbedingte in der Natur der kränklichen Liebesleute war dem alten Fontane im

Innersten ja gar nicht so genehm. Liebe sei nicht seine „force", meinte er einmal, und er habe „zu der großen antiken Leidenschaft kein Fiduz". Er selbst stand viel mehr auf seiten jener bedingten Figuren, jener Figuren des Ausgleichs, die wie der Kommerzienrat Treibel alle Dinge von zwei Seiten betrachten oder sich wie der alte Briest mit dem Wort „Das ist ein weites Feld" einem Entweder-Oder entziehen. Und ebenso widersprach das Novellistisch-Konstruktive, dieses Zugespitzte und „Wirkungsvolle" eigentlich etwas den Neigungen seines Altersstils. Zog er doch eine gewisse Offenheit vor, schätzte das „Kolorit", das „Beiwerk", die Bummelei beim Erzählen. Und damit kommt es zu *Stine*-Kommentaren wie: „In meinen ganzen Schreibereien suche ich mich mit den sogenannten Hauptsachen immer schnell abzufinden, um bei den Nebensachen liebevoll, vielleicht zu liebevoll verweilen zu können", und: „Es ist richtig, daß meine Nebenfiguren immer die Hauptsache sind, in ,Stine' nun schon ganz gewiß." Und schließlich die Zuspitzung: „Die Pittelkow ist mir als Figur viel wichtiger als die ganze Geschichte."

So also versteht er sich und will sich verstanden wissen: wie er sich in den ersten Kapiteln von *Stine* gibt: bei der Beschreibung der Pittelkow-Stube, als ein Milieuschilderer ohne Ibsen-Problematik, bei Kartoffelkomödie und Namensspielen nach der *Zauberflöte*, als Gesprächsinszenator und Aphoristiker („denn die Akzente machen's im Leben und in der Kunst"), als Porträtist bei den Nebenfiguren — keineswegs als Sänger des Löwen, wie er einmal erklärt, sondern als „Lausedichter". Wanda, die, weil sie „von's Theater" ist, „einen Schick" hat, der Baron, der „pfiffig und unbedeutend" seinen Sperlingsstudien obliegt, und der alte Graf mit dem Casinoton bisweilen und der Frivolität des Genießers von Kunst und anderen Dingen — sie scheinen Fontane „das Beste", scheinen ihm als Figuren voll Empire und Lebensechtheit auch am meisten den Forderungen nach einem Realismus zu entsprechen.

Und von ihrer Art der Menschendarstellung ist denn auch die hübsche Witwe Pauline Pittelkow, geb. Rehbein, die, wenngleich sie in den Augen ihrer Zeitgenossen unmoralisch lebt, doch einen untrüglichen Instinkt für Grenzen hat, die weiß, daß sich das Richtige nicht immer tun läßt, aber selbst eigentlich immer das Rechte trifft, die heftig und rücksichtslos sein kann und doch vorurteilslos in der Anerkennung des anderen, die es vor allem versteht, sich mit einem „Das-is-nu-mal-so" den Verhältnissen anzupassen. Zu den Kräftigen und Tüchtigen gehörend, hat sie sogleich eine Witterung für die Gefahr, in die sich die Schwester mit ihren Gefühlen für den jungen Grafen begibt: „Er is man schwächlich, un die Schwächlichen sind immer so un richten mehr Schaden an als die Dollen." Hier, in der Pittelkow-Sphäre setzt Fontane Dialekt- und Umgangssprache als charakterisierende Stilmittel ein, hier vor allem zeigt sich seine Liebe zu den kleinen Dingen, seine Sympathie für das Berlinertum und — außer für den Adel — für den vierten Stand.

Doch nicht nur deswegen erklärt er die Pittelkow zu einer Hauptfigur; in ihrer unkonventionellen Rechtschaffenheit verkörpert sie ein ganz bestimmtes Lebensideal: Für den Realisten Fontane hat die Welt kein System, wohl aber feine und geheime Ordnungen, für die dann auch einmal — wie eben in *Stine* und in *Irrungen Wirrungen* — die Ordnung der Stände als Symbol dienen kann. Die entscheidenden Figuren ragen über diese Ordnungen gleichsam mit dem Kopf hinaus: wissend-distanziert zwar, aber dennoch organisch tief verbunden. Und von solchem Format ist auch die Pittelkow. Der alte Graf erreicht, wenn er einmal aus Renommierertum unkonventionell ist, diese Größe nicht. Eher bekommt Waldemar zuletzt noch etwas Glanz von diesem Wissen, wenn er, der so unhaldernsch gelebt und gestorben, doch in der

Gruft der Haldern beigesetzt werden will. Aber die ihm sonst eigene Unbedingtheit hat das Ordnungsgewebe natürlich zerstört. Die „große antike Leidenschaft", die über die sichtbaren und verdeckten Grenzen hinwegströmt und ein Prinzip großartig vereinseitigt, wird von der Pittelkow entsprechend deutlich abgelehnt. Ein entgegengesetztes Wertbeispiel ist mit ihr aufgestellt: wie das Leben zu gewinnen ist aus den Antithesen, wie man, der eigenen, bedingten Stellung wohl bewußt, sich im Ausgleichen, notfalls durch Kompromisse behauptet. Und darin trifft sich die Altersweisheit Fontanes auch mit allgemeineren Zügen des bürgerlichen Realismus in der zweiten Hälfte des neunzehnten Jahrhunderts.

Dietrich Bode

Prosa des Bürgerlichen Realismus

IN RECLAMS UNIVERSAL-BIBLIOTHEK

Philipp Reclam jun. Stuttgart